立松和平が読む

良寛さんの漢詩

托鉢ですか、和平さん

菅原文太

不意にいなくなった和平さん。
托鉢にでも出かけたのかな、
そう思えるし、またそう思いたい。
知床の毘沙門祭と上野精養軒での法隆寺さんの集い、
年末の飲み会ではだいたいたい毎年会っていたが、
たいていはお互いに家族連れ。

和平さんを大好きな友達や家族に囲まれて微笑んでいた和平さん。
この歳でオレが農業を始めたときも
「快挙です。」
と一言だけの手紙をくれて、株主になり応援してくれた。
彼岸に托鉢にいった　和平さん。
畑の実りはご家族たちに必ず届けるから。

（俳優・「流れる水は先を争わず」2010.3.27.）

立松和平が読む　良寛さんの漢詩

目次

［第一章］……………

一たび家を出でてより

自従一出家

一たび家を出でてより

自従一出家
任運消日子
昨日住青山
今朝遊城市
衲衣百余結
一鉢知幾載
倚錫吟清夜
鋪席日裡眠
誰道不入数

一たび家を出でてより
任運《にんぬん》 日子《にっし》を消す
昨日は青山《せいざん》に住し
今朝は城市《じょうし》に遊ぶ
衲衣《のうい》 百余結《けつ》
一鉢知らず幾載《いくさい》ぞ
錫《しゃく》に倚《よ》って清夜に吟《ぎん》じ
席を鋪《し》いて日裡《にちり》に眠る
誰れか道《い》う 数《すう》に入らずと

伊余身即是

伊《これ》余《よ》が身　即是れ

良寛の出自は、越後国出雲崎の庄屋橘屋である。いつの時代にはじまったかわからないほどの旧家である。その家の長男である良寛が故郷に帰った姿は、ぼろを身にまとい、人々に鉢を向けて食を乞うてまわるものである。強い信念のもとに颯爽として帰り来たったのではない。世間的に零落した姿をさらしたその姿に、懺悔行《ざんげぎょう》を感じる。

では何に向かっての懺悔なのか。もちろん良寛の心の内を語るのは簡単なことではないが、橘屋を継ぐべき身でありながら一人出家し、いわば家を捨てたことである。橘屋は家勢が衰微に向かっていて、弟由之《ゆうし》の代で消滅した。次男に家督をゆずった父以南は、京都の桂川に投身自殺をした。良寛一人が俗世間を離れ、世俗の風が吹いてこない備中玉島（岡山県）の円通寺で仏道修行をしていた。修行をなしとげ師国仙和尚より印可《いんか》を与えられ、どこかの寺の住職にでもおさまることもできたはずだ。それを継ぎはぎだらけの僧衣を身にまとい、一鉢を持って、他のすべてを捨てて故郷に帰ったのは、父への懺悔行として「忍辱《にんにく》の鎧《よろい》を著《き》る」ためである。

忍辱とは『法華経』「法師品」第十に出てくる言葉で、あらゆる辱《はずかし》めに耐え、迫害を忍ぶことだ。「勧持品」第十三には、悪世には悪口が飛び交いののしる声が響き、刀や杖でふりかかってくるものがいるが、「我等《われら》仏《ほとけ》を敬信《きょうしん》して、当《まさ》に忍辱の鎧《よろい》を著《き》るべし」とある。どんなに迫害にあっても、仏を信じ、忍辱行をするべしと説かれている。良寛は懺悔をするためわざわざその迫害の中にはいっていこうとしたのだ。

弔子陽先生墓

古墓荒岡側
年々愁草生
灑掃無人侍
適見蒭蕘行
憶昔総角歳
従游狭水傍
一朝分飛後
消息両茫々
帰来為異物

子陽先生の墓を弔（弔《とむら》）う

古墓《こぼ》 荒岡《こうこう》の側《かたわら》
年々 愁草《しゅうそう》生《しょう》ず
灑掃《さいそう》 人の侍《じ》する無く
適《たまたま》 蒭蕘《すうじょう》の行くを見る
憶《おも》う 昔 総角《そうかく》の歳
従い游《あそ》ぶ狭水の傍《かたわら》
一朝 分飛の後
消息 両《ふたりながら》 茫々《ぼうぼう》たり
帰り来れば異物と為る

何以対精霊
我灑一掬水
聊以弔先生
白日忽西沈
山野只松声
徘徊不忍去
涕涙一沾裳

何を以てか精霊《しょうりょう》に対《こた》えん
我れ一掬《いっきく》の水を灑《そそ》いで
聊《いささか》以て先生を弔《とむら》う
白日　忽《たちま》ち西に沈み
山野　只松声のみ
徘徊《はいかい》して去るに忍びず
涕涙《ているい》　一に裳《もすそ》を沾《うるお》す

大森子陽《しよう》は良寛の学問の師である。子陽は地蔵堂町（新潟県分水町）で老父を養いながら、私塾三峰館を営んでいた。良寛すなわち幼名栄蔵《えいぞう》は、八歳の頃父以南の実家新木家《あらき》の親戚の家に寄宿して三峰館に通った。後継ぎの良寛に、父は学問を積むことを期待したのであろう。

子陽は向学心に燃えた儒者であったが、まわりの学友たちが次々と江戸に遊学していっても、老父の世話をするため故郷にとどまらざるを得ない。焦燥にかられた子陽は、老父ともども江戸にいく決意をする。したがって栄蔵は、二年ほど三峰館で学んで出雲崎の生家に帰ったのであった。

その後子陽は学問で身を立てるため、故郷の友に老父の世話を頼み、老父一人を帰郷させて自分だけ江戸に残った。子陽は直情径行の一途な性格だったようだ。その性格が災いし、藩への仕官はかなわなかった。二十九歳で江戸遊学した子陽は、挫折をして三十三歳で地蔵堂に戻り、独居していた老父を扶養しながら三峰館を再び開塾する。栄蔵十三歳の時であった。良寛が漢詩を自在につくる素養を持つことができたのは、十三歳から十八歳までの子陽の薫陶が大きいのである。

栄蔵は十八歳の時、生家橘屋を出奔して、近くの曹洞宗光照寺にはいったとされる。これが出家か出家でないか、様々な異論があるところである。一方子陽も故郷を出て出羽国の鶴岡に開塾するが、寛政三(一七九一)年五十四歳で客死する。良寛は三十四歳で、故郷に戻る前のことである。

一思少年時　一たび思う少年の時

一思少年時
読書在空堂
灯火数添油
未厭冬夜長

一たび思う少年の時
書を読んで空堂に在り
灯火　数《しばしば》油を添《そ》え
未厭《いまだいと》わず冬夜の長きを

良寛には逸話がたくさん残っている。良寛の逸話集で最も有名なのが『良寛禅師奇話』である。著者の解良栄重《けらよししげ》は良寛の外護《げご》者として名高い、解良叔問《けらしゅくもん》の末子だ。外護とは、仏道修行者に必要なものを提供し、心身に安穏を与えることで、生活の糧を持たない出家者には必ず必要なことだ。良寛にはことに外護者が必要で、彼らとの交流の中で数々の逸話を残している。解良栄重が逸話一つ一つをていねいに集めてくれたおかげで、良寛の生き生きとした姿が今日にも伝わっているのである。

他に松嶋北渚の『良寛伝』や、橘茂世《たちばなしげよ》の『北越奇談』や、貞心尼《ていしんに》の『はちすの露』がある。その他にまわりの人々が口伝として記憶に残した話がたくさんあり、どれもが良寛の人となりを伝えていて興味が尽きない。

少年時代の栄蔵は「名主の昼行灯《ひるあんどん》」と呼ばれていた。出雲崎の名主の家に生まれ、いずれ名主になることが決められていたにもかかわらず、性質が愚鈍でありすべてに無頓着であった。人とまともに向きあうことができず、いつもぼーっとしているので昼行灯と呼ばれていた。

だが学問をすることは好きで、家にいることが多かった。盆踊りの開かれた夕暮れ時、母が散歩をすすめると、栄蔵はぼーっとした様子で出ていった。町中に盆提灯《ぼんちょうちん》が灯った頃、母親が庭先の石灯籠の脇に怪しい人影を認めて薙刀《なぎなた》を持って近づいていくと、『論語』に読み耽っている栄蔵であった。

少小学文懶為儒

少小文を学びて儒と為るに懶《ものう》く

少小学文懶為儒
少年参禅不伝灯
今結草庵為宮守
半似社人半似僧

少小　文を学びて儒と為るに懶《ものう》く
少年　禅《ぜん》に参じて灯を伝えず
今　草庵を結んで宮守《みやもり》と為る
半《なかば》は社人に似　半は僧に似たり

「少小」つまり幼い時に大森子陽に儒学を学び、少年の時には禅に参じた。少小と少年との境界はどこにあるのかは、良寛の生涯を振り返り見ればわかる。栄蔵の出家についてはよくわからないながら、十八歳でともかく髪を剃り落として家を出て、諸国を放浪して参禅修行したとも考えられる。だが出家の機会は与えられなかった。そうであるなら、「少年禅に参じて灯を伝えず」はまさにぴったりの表現である。

遁世を志した栄蔵は、発見されるのを恐れて、越後国を出るにあたって海岸線を通ったのではなく、東の方向にいって山にはいったのだとの説がある。良寛には「遁世之際《とんせいのきわ》」と題された和歌がある。

波の音聞かじと山へ入りぬれば又色《またいろ》かへて松風の音

俗世間を逃がれ海岸をいったのだが、波の音を聞くまいと山にはいった。趣を変えて松風の音が私をわびしい思いにさせる。こんな意味であろう。山にはいって、ではどこにいったのか。会津街道（若松街道）を通って会津に入ったのだとも想定される。この時を回想したのかどうか、良寛の漢詩がある。

少年　父を捨てて他国に走り
辛苦《しんく》　虎を描いて猫にもならず
人ありてもし箇中《こちゆう》の意《い》を問わば
箇はこれ従来の栄蔵生

少年は父を捨てて他国に走り、辛苦して虎を描こうとしたが猫にもならなかった。その心の中はどうなのかと問うなら、少年はこれまで通りの栄蔵だったというほかはない。

余郷有兄弟
余が郷に兄弟有り

余郷有兄弟
兄弟心各殊
一人弁而聡
一人訥且愚
我見其愚者
生涯如有余
我見其聡者
到処亡命趨

余が郷に兄弟有り
兄弟　心　各《おのおの》　殊《こと》なり
一人は弁にして聡《さと》く
一人は訥《とつ》にして且《かつ》愚《おろか》なり
我れ其の愚なる者を見るに
生涯　余《あまり》有るが如し
我　其の聡なる者を見るに
到る処亡命《ぼうめい》して趨《はし》る

良寛が自分の中にいる二人の人格について語ったと見てよいかと思う。

「我れ其の愚なる者を見るに、生涯余《あまり》有るが如《ごと》し」とは、自分自身の生き方について語ったのである。

寛政二（一七九〇）年冬、良寛三十三歳の時、円通寺で十二年間修行の後に本師大忍国仙より印可《いんか》の偈《げ》を与えられた。これで修行が終了したという証明である。

良《りょう》 はまた愚《ぐ》の如く 道うたた寛《ひろ》し
騰々《とうとう》として運《うん》に任《まか》す 誰《たれ》か看《み》るを得ん
為《ため》に附す山形《さんぎょう》 爛藤《らんとう》の杖《つえ》
到る処壁間《へきかん》にして午睡《ごすい》の閑《かん》

良《りょう》は愚《ぐ》のように見え、しかもその道は寛《ひろ》い。道はさとりへと至る道だ。愚は悟道へと大道でつづいている。これが大愚の意味だ。良寛に大愚と命名したのは大忍国仙であったのだろうか。国仙は良寛がやがて悟道へと至ることを見破っていたのである。

天然自然にまかせてゆるやかに歩くことは、誰にも理解されないかもしれない。山形《さんぎょう》とは山から伐ってきたばかりの手を加えないもので、爛藤《らんとう》とは長いこと風雨を受けて爛《ただ》れた藤であり、自然にまかせた行脚修行をするための藤の杖を与えようというのというのだ。壁間《へきかん》とは坐禅をして向きあう壁のことである。坐禅修行はいたるところででき、たとえそのまま昼寝をしてしまってもよい。窮屈な威儀の中にあるのではなく、自由自在の禅をすすめたのである。

これが愚であり、良寛は本師大忍国仙の偈を生涯身辺に置いておいたという。

寒山拾得

寒山拾得《かんざんじっとく》

寒山拾得
拾得手中箒
払顛塵埃
転払転生
寒山授時経
終年読不足
古兮今兮無人善買
所以天台山中長滞貨
畢竟作麼生

寒山拾得《かんざんじっとく》
拾得《じっとく》 手中の箒《ほうき》
顛《いただき》の塵埃《じんあい》を払《はら》うも
転《うたた》払《はら》へば転生ず
寒山 時に経を授く
終年 読んで足らず
古《いにしえ》も今も人の善く買うもの無し
天台山中長く滞貨《たいか》たる所以《ゆえん》
畢竟《ひっきょう》 作麼生《そもさん》

待当来下生慈氏判断

当来《とうらい》下生《あさん》慈氏《じし》の判断を待つ

愚の元祖ともいうべき寒山であり拾得である。唐代の寒山も拾得も天台山国清寺の近くに住み、国清寺の豊干《ぶかん》の弟子とされている。国清寺の寺僧の余り物をもらって帰り、二人で食べて生きていたという。自由自在な生き方をした寒山と拾徳と豊干とは、国清寺三隠者に数えられる。豊干はいつも布袋《ぬのぶくろ》を担ぎ虎を連れて歩いたとされる。

何にもとらわれない風狂の暮らしをし、よく禅画に描かれたが、拾得は手に箒を、寒山は経巻を持っていることが多い。寒山は文殊菩薩の化身、拾徳は普賢菩薩の化身とされる。この三隠者こそが、良寛にとっての究極の理想であったろう。

もう一人禅の特異な人物がいる。後梁の禅僧布袋《ほてい》は明州奉化の人で、契此《かいし》と自称した。福々しい容貌で、肥大な丸い腹を突き出し、袋を担いで杖をつき、市中で人に物を乞うて歩いた。もらったものはすべて袋にいれた。吉凶や晴雨を予言してよく当てたので、その行いの割に人に好感を持たれた。日本では七福神の一人になっている。奉化県岳林寺の廊下で死に、偈が発見された。

弥勒《みろく》、真の弥勒、千百億に分身す。

時々に時人《じじん》に示すも、時人、自《おのずか》ら識《し》らず

弥勒は千百億人に分身して市中にいて、自分もその一人であったが、誰にもわからなかった。布袋は弥勒菩薩の化身とされる。弥勒は釈迦入滅後五十六億七千万年後に出現し、最終的に衆生を救う。

良寛の遠い理想は愚を生きたこの隠者たちであったが、奥床しい性格なので、そこまでは大言壮語しなかったのである。

良寛の漢詩

良寛は生涯に四百以上の漢詩を残しています。遺墨には、同じ詩でも字句に異同のあるものが非常に多く、細かい字句にはこだわらなかったようです。作詩の際に守らなければならないとされる、押韻《おういん》や平仄《ひょうそく》にも無頓着です。良寛自身も「誰か我が詩を詩と謂う」と記しています。

表現が平明な良寛の漢詩は、杜甫や李白、陶淵明などを参考にしており、またとくに生涯の師であった道元の『正法眼蔵』からは大きな影響を受け、語彙や表現には共通したものが多く見られます。

次ページに掲げたのは、良寛自筆による手控え本として書かれた詩集『草堂集』の一部分です。

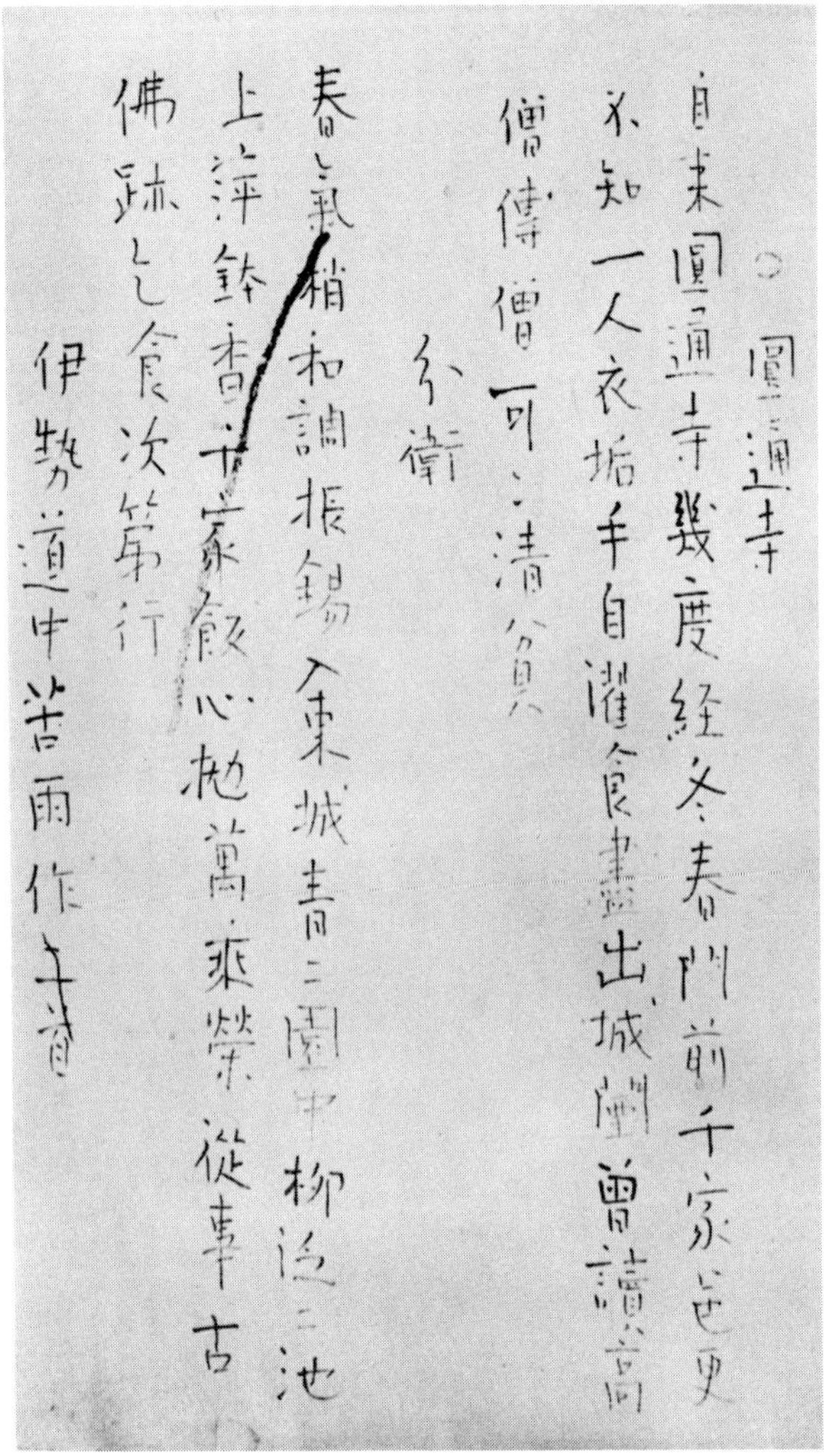
◎圓通寺
自來圓通寺幾度経冬春門前千家邑更
不知一人衣垢手自灌食盡出城闉曾讀高
僧傳僧可ゝ清貧
分衛
春ゝ氣稍和調振錫入東城青ゝ園中柳泛ゝ池
上萍鉢香千家飯心抛萬乘榮從事古
佛跡乞食次第行
伊勢道中苦雨作一首

吾從發京洛倒指十二支無日雨不雨雲如之何
無思鴻雁翅應重桃花紅轉乖舟了帆
失渡行人莫迷岐我行殊未盡引領一嚬
眉且如去年秋一風二日吹路邊桜喬木
雲中揚茅茨米價爲之貴稲粱地盡今春復如斯如
斯若不止奈何蒼生罹
投宿破院下一燈思悄然旅服誰為乾吟詠聊
自寛雨聲長在耳側欹枕到曉天
D秋夜宿香聚閣早倚檻眺

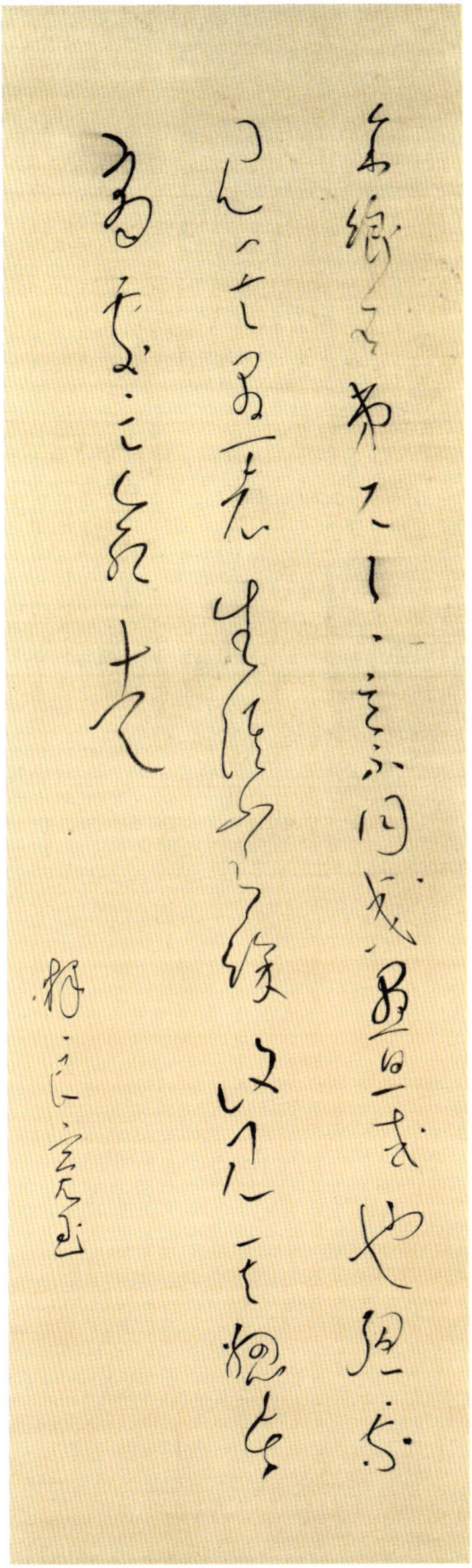

余郷有弟兄。弟兄意不同。或愚且（訥弁）。或也聡（能弁）。我見其愚者。生涯如有餘。復見其聡者。到処亡命走。釈良寛書。

（23頁の類詩）

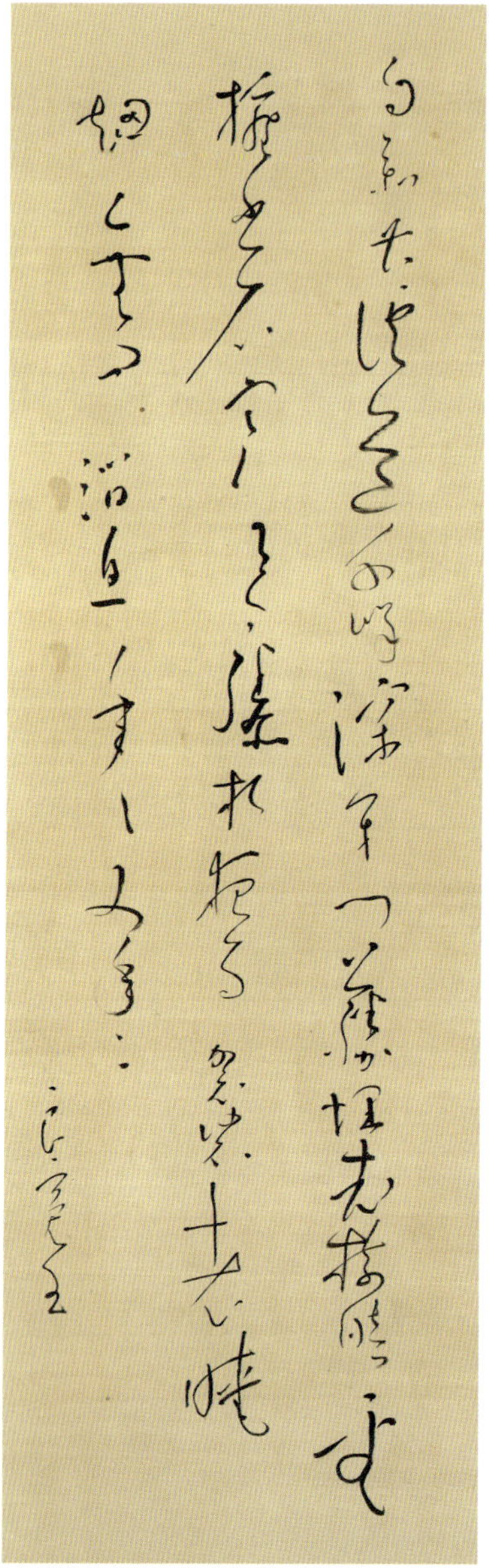

自参曹渓道。千峰深閉門。藤埋老樹暗。雲擁幽石寒。烏藤朽夜雨。袈裟老暁烟。無（人）問消息。年々又年々。良寛書。

（53頁の類詩）

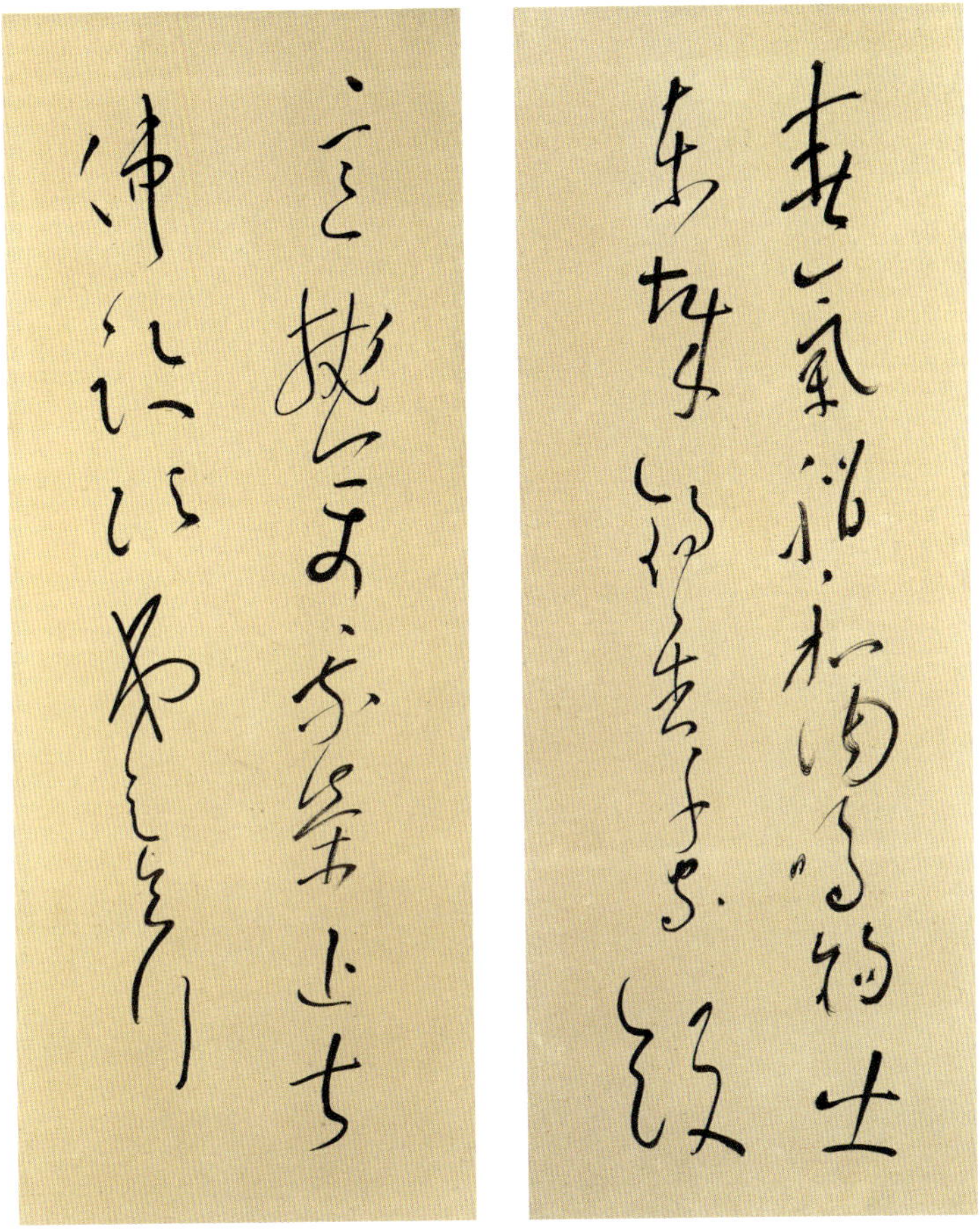

春気稍和調。鳴錫出
東城。錫香千家飯。
意抛萬乗栄。追（慕）古
仏跡。次第乞食行。
（64頁の類詩）

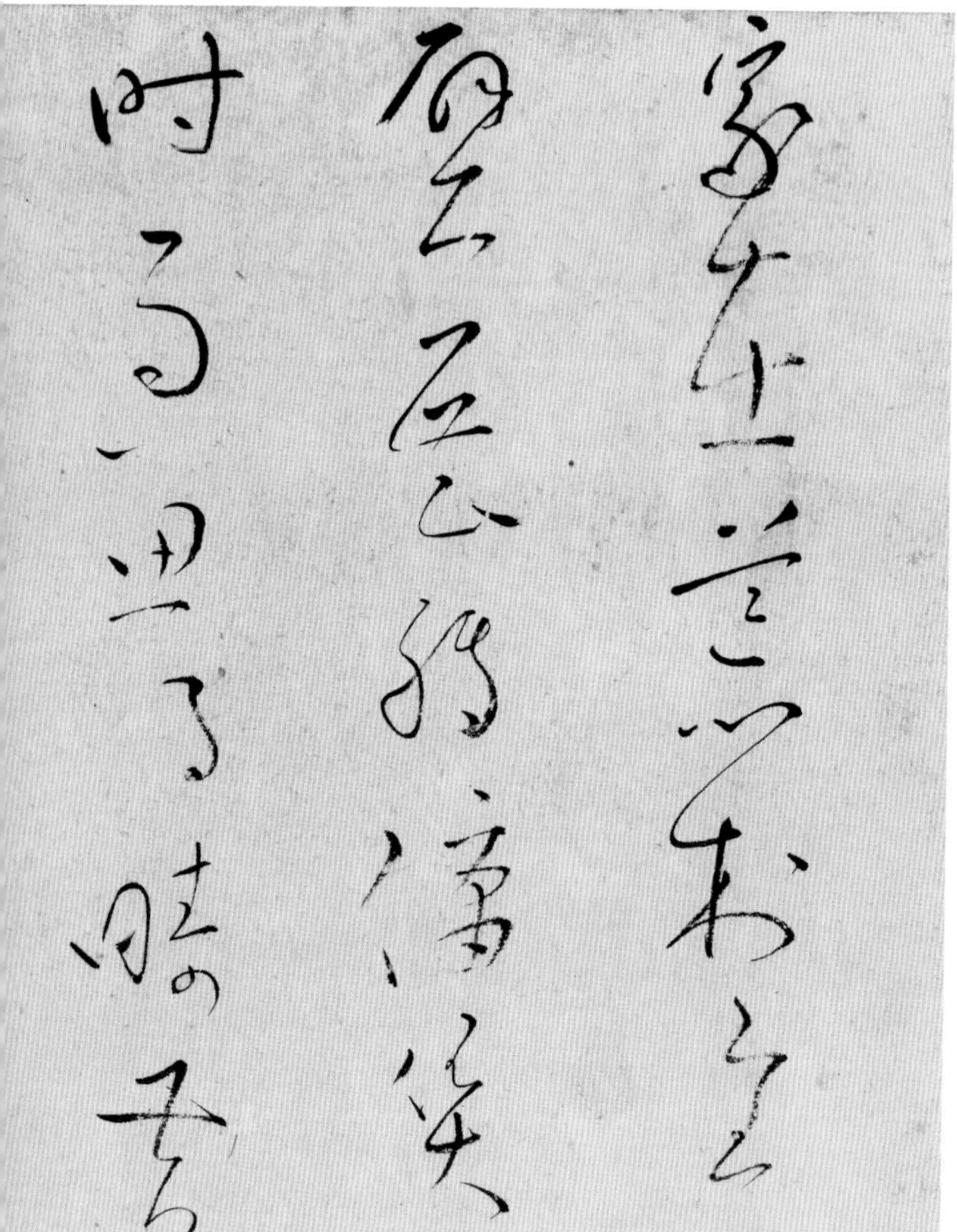

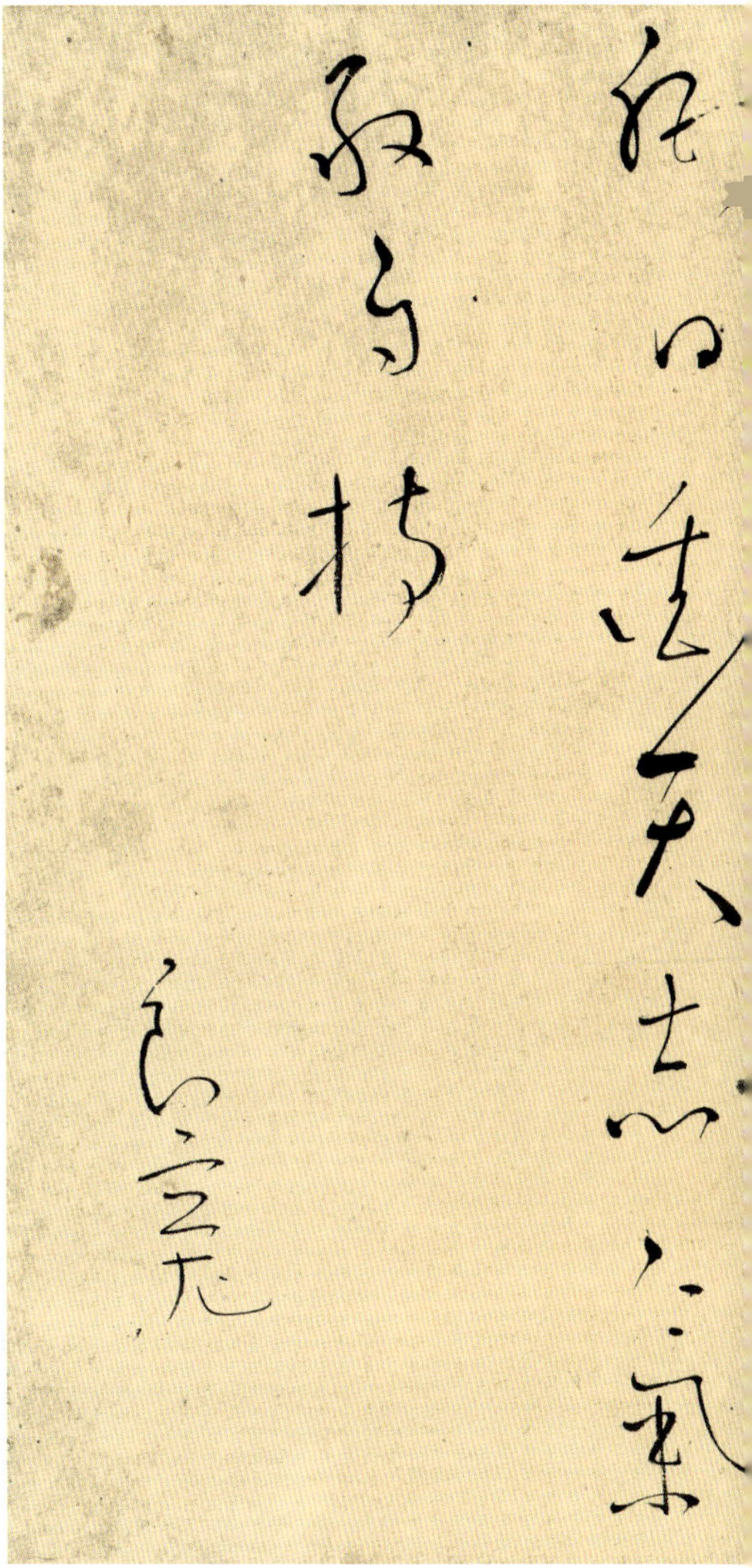

家在荒村全無
壁。展転傭賃且
時。過思得疇昔行
脚日。衝天志気
敢自持。良寛。
（56頁の類詩）

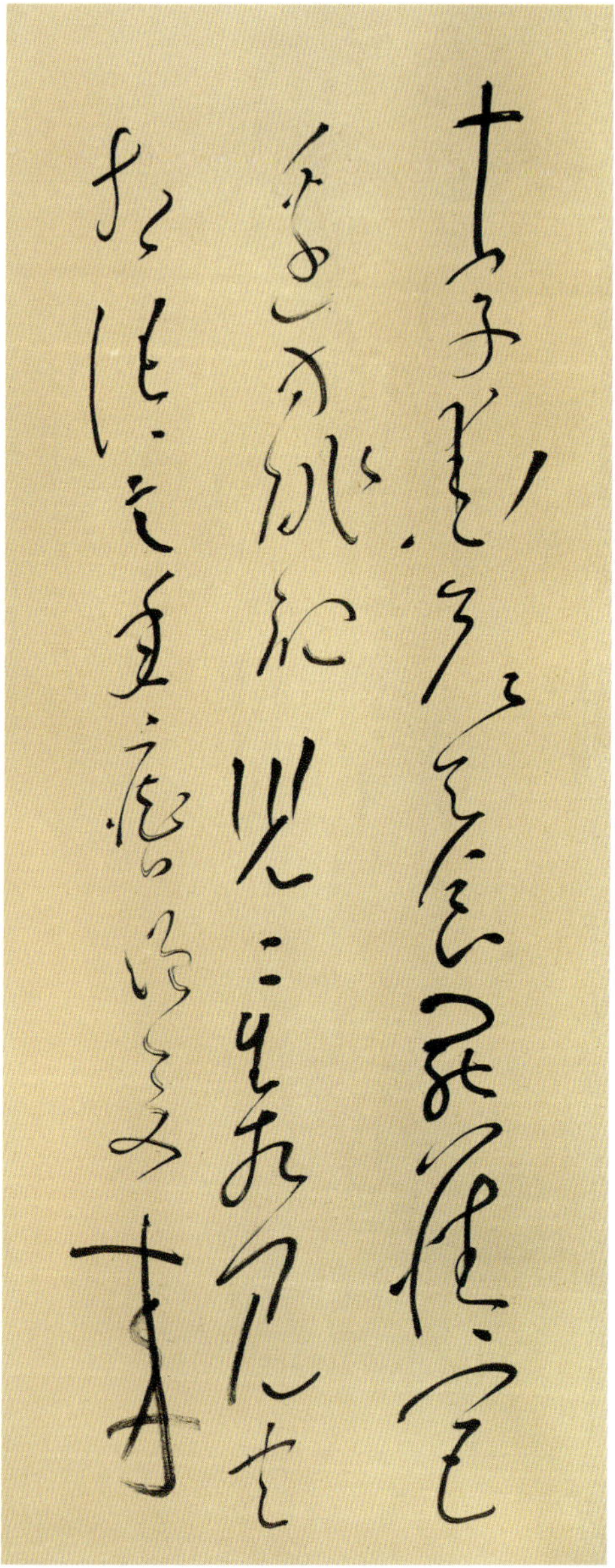

十字街頭乞食罷。八幡宮辺方徘徊。児童相見共相語。去年痴僧今又来。
（67頁の類詩）

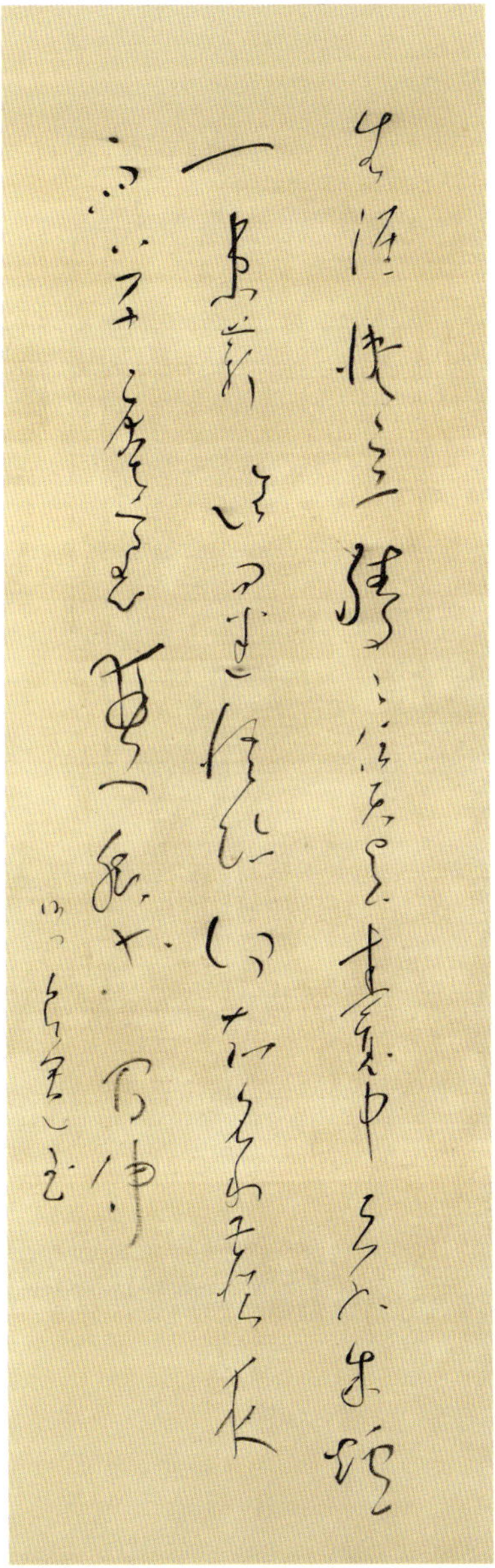

生涯懶立（身）。騰々任天真。嚢中三升米。炉（辺）一束薪。誰問迷悟跡。何知名利塵。夜雨草庵裏。双脚等間伸。沙門良寛書。（70頁の類詩）

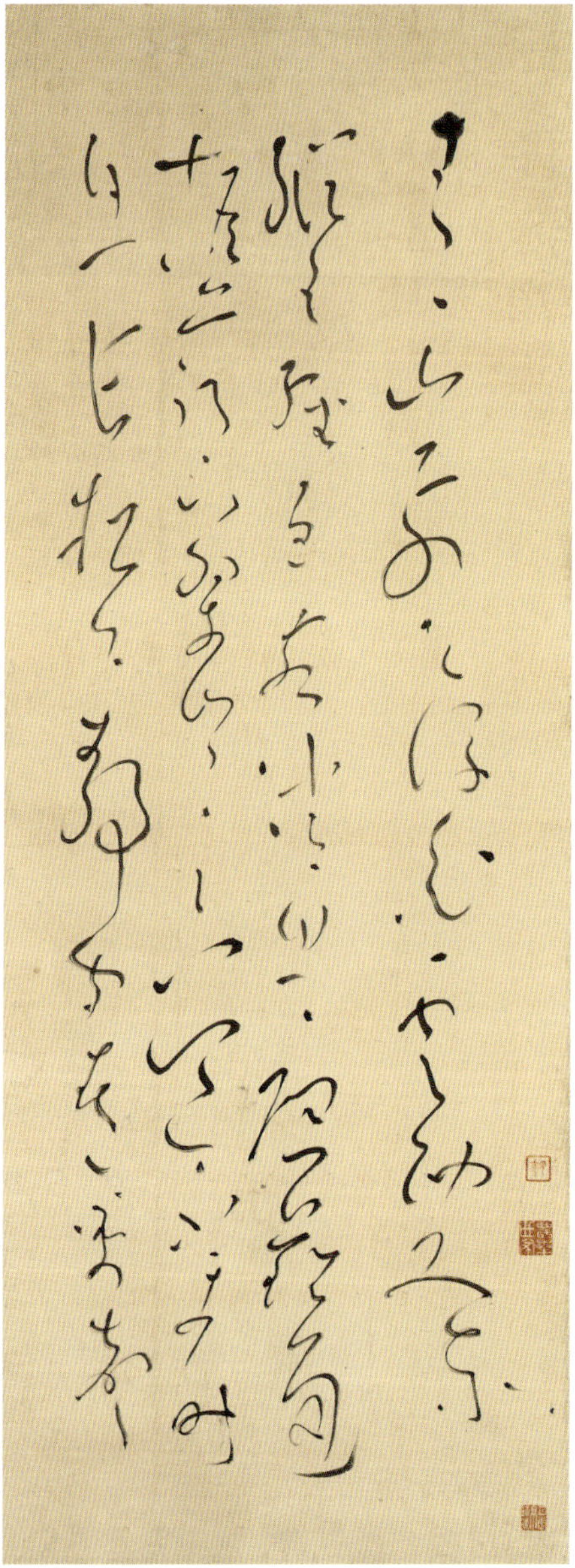

青山前与後。白雲西又東。縦有経過客。消息応難通。

（81頁）

［第二章］

僧・良寛

僧伽

僧伽《そうぎや》

落髪為僧伽
乞食聊養素
自見已如此
如何不省悟
我見出家児
昼夜浪喚呼
祇為口腹故
一生外辺鶩
白衣無道心

落髪《らくはつ》して僧伽《そうぎや》となり
食《じき》を乞うて聊《いささか》素《そ》を養う
自《みずか》ら見る已《すで》に此《かく》の如し
如何《いかん》か省悟《しようご》せざらん
我《わ》れ出家《しゆつけ》の児《じ》を見るに
昼夜《ちゆうや》浪《みだり》に喚呼《かんこ》す
祇《ただ》口腹の為《ため》の故に
一生外辺《がいへん》の鶩《あひる》となる
白衣《びやくえ》の道心《どうしん》無きは

猶尚是可恕
出家無道心
如之何其汚
髪断三界愛
衣壊有相色
棄恩入無為
是非等閑作
我適彼朝野
士女各有作
不織何以衣
不耕何以哺

猶尚《なおなお》是《こ》れ恕《じょ》すべし
出家の道心無きは
之《こ》れ其《そ》の汚《お》を如何《いかに》せん
髪は三界の愛を断《た》ち
衣は有相《うそう》の色《しき》を壊《やぶ》る
恩を棄《す》てて無為《むい》に入る
是《こ》れ等閑《とうかん》の作《しわざ》に非《あら》ず
我れ彼《か》の朝野《ちょうや》に適《ゆ》くに
士女 各《おのおの》作《しわざ》有り
織《お》らずんば何を以てか衣《き》
耕さずんば何を以て哺《くら》わん

今称釈氏子
無行亦無悟
徒費檀越施
三業不相顧
聚頭打大語
因循度旦暮
外面逞殊勝
迷他田野嫗
謂言好箇手
吁嗟何日窹
縦入乳虎隊

今《いま》釈氏子《しゃくしし》と称《しょう》して
行《ぎょう》も無く亦《また》悟《さとり》も無し
徒《いたずら》に檀越《だんおつ》の施《せ》を費《ついや》して
三業《さんごう》相顧《あいかえり》みず
頭《こうべ》を聚《あつ》めて大語を打《たた》き
因循《いんじゅん》 旦暮《たんぼ》を度《わた》る
外面は殊勝《しゅしょう》を逞《たくま》しくして
他の田野の嫗《おう》を迷わす
謂《おも》う言《われ》好箇手《こうこしゅ》と
吁嗟《ああ》何《いず》れの日か窹《さ》めん
縦《たとえ》乳虎《にゅうこ》の隊に入るとも

勿践名利路
名利纔入心
海水亦難澍
阿爺自度爾
暁夜何所作
焼香請仏神
永願道心固
似爾如今日
乃無不抵捂
三界如客舎
人命似朝露

名利《みようり》の路を践《ふ》むこと勿《なか》れ
名利纔《わずか》に心に入れば
海水も亦澍《うるお》し難し
阿爺《あや》爾《なんじ》を度《ど》してより
暁夜《ぎようや》何の作《な》す所ぞ
香を焼いて仏神に請い
永く道心の固きを願えり
爾《なんじ》が今日の如きに似ば
乃《すなわち》抵捂《ていご》せざる無からんや
三界は客舎の如く
人命は朝露に似たり

好時常易失
正法亦難遇
須著精彩好
毋待換手呼
今我苦口説
竟非好心作
自今熟思量
可改汝其度
勉哉後世子
莫自遺懼怖

好時《こうじ》は常に失い易《やす》く
正法《しょうぼう》亦遇《あ》い難し
須《すべから》く精彩を著《つ》けて好《よ》かるべし
手を換《か》えて呼ぶを待つこと毋《なか》れ
今我れ苦《ねんごろ》に口説《くぜつ》するも
竟《つい》に好心の作《さ》に非ず
今より熟《つらつら》思量して
汝が其の度を改む可《べ》し
勉めよや後世子
自《みずから》懼怖《くふ》を遺《のこ》すこと莫《なか》れ

修行に向かって溌剌とした気が漲った若き日の良寛の詩である。現実の自分自身はともかく、理想ばかりが高く、まわりの現実がもどかしくてならない。そんな時代が誰でもあるものである。

髪を剃るのは、三界《さんがい》への執着を断つためである。墨染めの衣を着るのは、現世の事象は本来無であるとさとったからである。初心をもって仏道に入ったはずなのに、いつしか道心を失ってしまった。仏の戒を平気で破り、外見ばかりを取り繕って、僧同志が集まっては大法螺《おおぼら》をたたいている。世間のどこを見ても、すべての人はそれぞれに機を織り、田を耕し、生きるために何かをしている。それなのに僧といいながら、行をするわけでもなく、さとりの境地などからは遠く隔たっている。

若き良寛は苛立って投げつけるように書くのだが、およそ二百三十年前の江戸時代も、その実態はたいして変わらないものだなと思わざるを得ない。そして、人間の変わらなさに、安心のような気分さえ覚える。もちろん良寛自身は激しい怒りとともにこの詩を書いたのだ。良寛は現実を破ろうという勇猛心を燃やした。自分自身を鼓舞するために書いたのではなく、期待する、より若い僧に与えた詩なのかもしれない。

良寛にしては珍しい激しい攻撃心に満ちた詩である。そのいっていることがいちいち思い当たるので、むしろ良寛の人間性を感じたりもするのだ。

仙桂和尚

仙桂和尚《せんけいおしょう》

仙桂和尚者真道者
黙不言朴不容
三十年在国仙会
不参禅不読経
不道宗文一句
作園菜供大衆
当時我見之不見遇
之不遇
吁呼今效之不可得

仙桂和尚は真の道者
黙《もく》して言わず朴《ぼく》にして容《かたちつく》らず
三十年国仙の会《え》に在りて
参禅せず読経せず
宗文の一句も道《い》わず
園菜《えんさい》を作つて大衆に供《きょう》す
当時我れ之《こ》れを見て見ず之れに遇《あ》いて
遇《あ》わず
吁《あ》呼《あ》今之《こ》れに效《なら》わんとするも得《う》可《べ》からず

仙桂和尚者真道者

仙桂和尚は真の道者

道元『典座教訓《てんぞきょうくん》』に、中国の祖師雪竇重顕《せっちょうじゅうけん》の頌《じゅ》を引用している。頌とは禅の教えを漢詩で表現したものである。

一字七字《いちじしちじ》、三五字《さんごじ》。
万像窮《まんぞうきわ》め来たるに、拠《よりどころ》を為《な》さず。
夜深《よふ》け月白《つきしろ》くして、滄溟《そうめい》に下《くだ》る。
驪珠《りじゅ》を捜《さが》し得《え》ば、多許《たこ》有り。

ものごとをいい表すのに、一字や七字や、三字や五字をつかうものだが。あらゆる現像の本質を窮めてみれば、どれもよりどころとなるものではない。夜が更けて月は白く、輝く月光は大海を照らしてあたり一面月の世界となるように。

竜の顎の下にあるこの上ない宝珠（仏の教え）を探し求めてやっと手にいれてみれば、そこいら中宝珠でないものはない。

人のすることのすべて、行住坐臥《ぎょうじゅうざが》の行いの中にこそ、真実がある。真理は坐禅をする僧堂の中にだけあるわけではない。仙桂和尚が耕す野菜畑にも、真理は円《まど》かに流れている。種を蒔《ま》き、草をぬき、収穫するその行いの一つ一つの中にどこを差別《しゃべつ》することもなく真理は流れているので、仙桂和尚が参禅しなくても、読経をしなくても、仏道修行をしているということに他ならない。生きることがすなわち仏道修行なのだ。

私たちは真理に囲まれ、そのただ中で生きている。だがそれを認識していないことが、なんとも哀れな存在に思えてしまう。

自参曹渓道

曹渓《そうけい》の道に参してより

自参曹渓道
千峰深閉門
藤纏老樹暗
雲埋幽石寒
烏藤朽夜雨
袈裟老暁烟
無人問消息
年々又年々

曹渓《そうけい》の道に参してより
千峰《せんぽう》 深く門を閉す
藤は老樹に纏《まと》いて暗く
雲は幽石《ゆうせき》を埋めて寒し
烏藤《うとう》 夜雨《やう》に朽《く》ち
袈裟《けさ》 暁烟《ぎょうえん》に老《お》いたり
人の消息を問ふ無し
年々又年々

『伝灯録』にでてくる古仏たちを、良寛はことのほか尊敬していた様子である。庵居生活で事あるごとに古仏たちに関する書物を読み、自らの生き方の規範としたのである。

曹谿令韜《そうけいりんどう》（六六六〜七六〇）は吉州の人で、六祖慧能《えのう》のもとで出家し、師慧能が建立した広東省曲江県の曹谿山宝林寺にあり、師の存命中は奥山にあるその寺から離れたことはなかった。師の滅後、師の衣を納めた塔を守り、唐の玄宗《げんそう》に招かれても病気を理由に辞退し、粛宗《しゅくそう》に招かれても応じず、深山幽谷にある宝林寺で禅修行をつづけた。良寛は国上山中の自分の暮らしを、曹谿令韜になぞらえ範としたのである。

六祖大鑑慧能もまさに古風禅を体現した人物であった。樵夫《きこり》で、知識のある人とはいえない。幼い時に父と死に別れ、老母に養育されて、長じてからは樵夫をして母とともに暮らしていた。街頭の十字路で金剛経の一句を聞き、たちまち老母を捨てて仏道を学ぶ道にはいった。

「これ希代《きだい》の大器なり。抜群の弁道なり。断臂《だんぴ》たとい容易なりとも、この割愛《かつあい》は大難なるべし。この棄恩はかろかるべからず」

道元は『正法眼蔵』「行持上」の巻でいう。慧能は世にまれな大器であり、抜群の修行である。二祖慧可《えか》が達磨《だるま》に学ぶことを願い、自分の臂《ひじ》を断ち志を示して入室を許されたのも、恩愛の情を断ち切り親の恩を棄てる行いにくらべれば容易なことである。

慧能は曹谿山の五祖弘忍《こうにん》に投じ、八ヶ月の間眠らず休まず、自分に与えられた米搗《こめつ》きの仕事に昼夜励んだ。嗣法してからも、石臼を手放すことはなかった。

傭賃　傭賃《ようちん》

家在荒村空四壁
展転傭賃且過時
憶得疇昔行脚日
衝天志気敢自持

家は荒村に在りて四壁《しへき》空《むな》し
展転《てんてん》として傭賃《ようちん》して且《しばら》く時を過《すご》す
憶《おも》い得《え》たり疇昔行脚《ちゅうせきあんぎゃ》の日
衝天《しょうてん》の志気《しき》敢《あえ》て自ら持せしを

二祖慧可《えか》は禅宗初祖達磨《だるま》に学んだ後は、都に住んで自由自在に活動した。酒場に出入りしたり、人の召使いになったり、世俗の中でよく働いたとされる。奥深い僧堂や、人里離れた山林に籠るのではなく、街で人々のために勤労雑役を行ったとされる。人のために身を粉にして働いたのだが、自分自身はいつも清貧であった。

その慧可に良寛は深く共鳴していたのである。子供と手毬をついて遊び、食物がなくなると托鉢をしていた印象の強い良寛であるが、故郷の越後に帰って間もなく、はじめて庵を結んだ郷本《ごうもと》（新潟県長岡市寺泊郷本）では、よく労働をしていたとされる。雇われて製塩の仕事をし、漁師の手伝いをしていた。

「展転《てんてん》として傭賃《ようちん》して且《しばら》く時を過す」とは、あっちこっち点々として日雇い仕事で時を過ごしているという意味だ。若い時は天を衝《つ》かんばかりの意気に燃え、円通寺こそ修行場所であると思い詰めていたのだが、坐禅修行だけが修行ではないとようやく気付いた。行《ぎょう》・住《じゅう》・坐《ざ》・臥《が》、歩いたり立ったり坐ったり横になったりするすべての行いの中に、真実がある。そうであるなら、労働をすることの中にも真実があるということだ。実際ほとんどの人は、労働をすることで生活をしている。安逸の中に生きている人がどこにいるだろうか。良寛の労働観を表現した珍しい詩であると私は思う。

たちまち消え去っていくこの一瞬一瞬が、かけがえもなく大切なのである。

憶在円通時

憶《おも》う円通に在《あ》りし時

憶在円通時
恒歎吾道孤
運柴懐龐公
踏碓思老盧
入室非敢後
朝参常先徒
一自従散席
悠々三十年
山海隔中州

憶《おも》う円通に在《あ》りし時
恒《つね》に吾が道の孤《こ》なるを歎き
柴《しば》を運んでは龐公《ほうこう》を懐《おも》い
碓《うす》を踏《ふ》んでは老盧《ろうろ》を思う
入室《にっしつ》敢《あえ》て後《おく》るるに非ず
朝参常に徒《と》に先んず
一たび席を散じてより
悠々たり三十年
山海中州を隔《へだ》てて

消息無人伝
感恩竟有涙
寄之水潺湲

消息人の伝うるなし
恩に感じて竟《つい》に涙あり
之《こ》れを寄す水潺湲《せんかん》

この世はすべてのところが道場とはいえ、禅の専門道場である寺にいる時は、坐禅などのカリキュラムに従っていけばよいのでむしろ楽である。良寛が備中玉島の円通寺にあって孤立を感じていたのは、故郷の人たちと隔たっていたからであろうか。だが本当に孤立するのは、円通寺を離れて故郷に帰ってからである。

円通寺にあった時も、寺を出てからも、良寛の指針になったのは、龐蘊《ほうおん》や慧能《えのう》など『景徳伝灯録』に登場する古仏たちであったようだ。

「龐公」、つまり龐居士蘊公《ほうこじおんこう》については、道元も『正法眼蔵』や『正法眼蔵随聞記《しょうぼうげんぞうずいもんき》』で語っている。詩偈百余篇を残した龐さんは、馬祖道一《ばそどういち》禅師（唐代の禅僧）の法を嗣《つ》いだ。もともとは儒家であった。出家をしない俗人の居士である龐さんが僧に劣らず禅の世界に名を残したのには、理由がある。龐さんは参禅をはじめたばかりの頃、せっかく貯えた財宝を海に沈めようとした。それを見咎めた人が、せっかくの財宝なら、人に与えてもよし、仏のために使ってもよし、役に立つ方法があるではないかといった。龐さんはこたえた。

「私はこの財宝を自分の身にならないと思って捨てるのですよ。そんなものを、どうして人に与えることができますか。財宝というものは、身や心に愁いを運んでくる仇《かたき》なのですよ」

こういって龐さんは財宝をすべて海に捨ててしまい、奥さんとざるを編んでその日その日を暮らしていた。こうして龐さんは禅の人と呼ばれるようになったのである。

［第三章］

乞食行

春風稍和調

春風稍和調
鳴錫入東城
青々園中柳
泛々池上萍
鉢香千家飯
心抛万乗栄
追慕古仏跡
次第乞食行

春風稍《やや》和調

春風　稍《やや》和調
錫《しやく》を鳴らして東城に入る
青々たり園中の柳
泛々《へんぺん》たり池上の萍《うきくさ》
鉢には香る千家の飯
心には抛《なげう》つ万乗の栄
古仏の跡を追慕して
次第に食を乞いて行く

気候のよい季節になり、良寛が野に出てのびのびと托鉢している様子がわかる。柳は芽吹いて青々とし、「鉢には香る千家の飯」であるから、托鉢もうまくいっている。最初から心は自由なのだから、天子の栄位さえもうらやましくはない。この楽観は、雲水本来のものである。『正法眼蔵随聞記』六で、道元はこのように語る。

衣食《えじき》の事は兼《かね》てより思ひあてがふことなかれ。若《も》し失食絶煙《しつじきぜつえん》せば、其の時に臨んで乞食《こつじき》せん

衣食を得るため最初から最後まであくせくと働くのではなく、いよいよ食べるものがなくなったら、その時に乞食、すなわち托鉢をすればよいのだから、何も

心配することはない。一途に仏道を修行するものには、必ずや衣や食はまわってくる。良寛のこの詩は、そのことの実感であるといえる。

つまり、心身ともに充ち満ちた仏道修行者は、食分と命分とを持ってこの世に生まれてきたのである。衣食のことに思いわずらっている中途半端さでは、托鉢をしても衣や食を供養してくれる人は少ないのだ。

物質的な貧しさは、とらわれもなく安楽自在である。春になれば春の美しさがそのまま身の内にはいってくる。錫を鳴らし鉢を持って村の家をまわれば、それでよい。何事にもとらわれることなく、仏の教えの前で自由な立場をたえず保っている人のことを、僧という。とらわれのない自由とは、自分の欲望にとらわれていないということである。

乞食

乞食《こつじき》

十字街頭乞食了
八幡宮辺方徘徊
児童相見共相語
去年癡僧今又来

十字街頭　食を乞《こ》い了《おわ》りて
八幡宮辺　方《まさ》に徘徊《はいかい》す
児童　相見て共に相語る
去年の癡僧《ちそう》　今又来ると

良寛の日頃の暮らしぶりがよく表現されている。町の人が集まる盛り場にいって托鉢が終わり、ほっとして八幡宮のあたりをぶらぶらしていると、子供たちが良寛を見て語りあっている声が聞こえる。去年のあのおかしなお坊さんがまたきてるよ。今年もまた遊んでくれるよ。その様子を見て良寛も嬉しくなるのだった。

良寛は若くはなく、しかも僧形をしている。最も苦手な存在であるのに、子供たちは恐れることもなく寄っていく。それは良寛がすべてを捨てて「天真《てんしん》に任《まか》せる」態度でいたからだ。禅僧といえども見栄もあり、暮らし向きをよくしたいとも思い、何もかも捨てるということは困難きわまりない。

大愚良寛であるが、このような愚僧の姿をとって故郷に帰ったのは、内的な必然性があったからだ。備中国玉島の円通寺で国仙和尚に印可の偈を「良《りょう》はまた愚《ぐ》の如く道うたた寛《ひろ》し」と与えられ、寺の住職にもなれたし僧位も得ることができた。だが良寛は一衣一鉢のおちぶれた愚僧の姿で故郷に戻ったのである。その時の良寛の心の中は、背《そむ》いて故郷を捨てそのあげくに入水自殺に追い込んだ父以南への懺悔の気持ちでいっぱいだったのではないだろうか。『法華経』でいう忍辱行《にんにくぎょう》である。どんな侮辱や迫害も忍受して恨まないことであり、自ら迫害を招き寄せることによって修行道場となす。

人々に自然体の姿をさらすことが良寛の救いであり、そのような良寛の姿をまず受け入れたのが子供たちであったのだ。

生涯懶立身

生涯身を立つるに懶《もの》う

生涯懶立身
騰々任天真
嚢中三升米
炉辺一束薪
誰問迷悟跡
何知名利塵
夜雨草庵裡
双脚等間伸

生涯身を立つるに懶《もの》く
騰々《とうとう》天真に任す
嚢中《のうちゅう》三升の米
炉辺《ろへん》一束《いっそく》の薪《たきぎ》
誰れか問わん迷悟《めいご》の跡《あと》
何ぞ知らん名利《みょうり》の塵《ちり》
夜雨草庵《そうあん》の裡《うち》
双脚《そうきゃく》等間に伸ばす

良寛が自らあるべき姿と思い、実際自由自在になった状態を示している。上昇志向はなく、天然自然のままに生きている。袋の中に三升の米があり、炉辺には一束の薪がある。迷いだの悟りだのという修行の痕跡なども残さず、名利などまったく求めない。夜中の草庵に脚を伸ばしてのびのびと寛いでいる良寛の姿が、彷彿としてくる。

天真とは本来そのままのことであるが、「騰騰《とうとう》天真に任す」と良寛がいうと、特別の意味を帯びてくるように感じる。

良寛の父は与板の新木重内《あらきじゅうない》といったが、一歳上の佐渡相川の橘屋の分家庄兵衛の娘おのぶと結婚し、出雲崎名主の橘屋本家を継いだ。以南は俳号である。以南は俳人としてすぐれていたものの、名主としての政治や金勘定には不向きであった。良寛は幼名を栄蔵といい、惣領息子であった。栄蔵は内的な何かがあり、橘屋を継がずに出家をした。良寛が三十八歳の時、家督を次男の由之《ゆうし》に渡した以南は京に出奔し、「天真仏の仰《おお》せによりて、以南を桂川の流にすつ」として入水自殺をとげた。辞世歌はこうである。

蘇迷盧《そめいろ》の山をしるしに立て置けば我が亡き跡はいづらの昔ぞ

蘇迷盧とは須弥山《しゆみせん》のことである。須弥山をしるしに立てておいたが、我が亡き跡を尋ねても無駄なことだという。実際、以南の骸《なきがら》は見つからなかった。

天真仏は天然自然の仏ということだが、どの仏典にもない。この父の死が心理的負い目となり、良寛はこれ以後父への懺悔《ざんげ》のため自らを苛《さいな》んだと私には思えてならない。

［第四章］

五合庵

五合庵

五合庵

索々五合庵
室如懸磬然
戸外杉千株
壁上偈数篇
釜中時有塵
甑裏更無烟
唯有東村叟
時敲月下門

索々《さくさく》たる五合庵
室は懸磬《けんけい》の如く然り
戸外《こがい》 杉千株《せんしゅ》
壁上《へきじょう》 偈《げ》数篇
釜中時に塵有り
甑裏《そうり》更に烟《けむり》無し
唯東村の叟《そう》あり
時に敲《たた》く月下の門

郵便はがき

料金受取人払郵便

本郷支店承認

2524

差出有効期間
平成24年1月
31日まで

113-8790

348

(受取人)

東京都文京区本駒込6-2-1

株式会社 二玄社

営業部 行

お名前	フリガナ 雅号	男・女	年齢　　歳
ご住所	〒□□□-□□□□　e-mail 都道 府県		
電話　-　-	FAX　-　-		

※二玄社書道美術図書目録を　・希望する　・希望しない

※お客様の個人情報は、小社での商品企画の参考、あるいはお客様への商品情報のご案内以外の目的には使用いたしません。
今後、上記のご案内が不要の場合は、□の中に✓をご記入ください。 □

二玄社読者カード

ご購入書籍名

ご購読ありがとうございます。本書のご感想をお聞かせください。内容、装丁、価格についてはいかが思われますか。今後、出版を希望されるテーマなどございましたらお書きください。

●本書の刊行を何によってお知りになりましたか

1. 新聞広告（紙名　　　　　　）　2. 雑誌広告（誌名　　　　　　）

3. 書評、新刊紹介（掲載紙誌名　　　　　　）

4. 店頭　5. 図書館　6. 先生や知人の推薦　7. 出版ダイジェスト

8. 図書目録　9. その他（　　　　　　）

●ご興味のある分野に○印をお付けください（複数可）

書　道（ 漢字　かな　篆刻　現代書　文房　刻字 ）

美　術（ 絵画　工芸　彫刻　水墨画 ）

複　製（ 中国画　中国書　日本 ）

●展覧会出品経験をお聞かせください（複数可）

1. 読売展　2. 毎日展　3. 都道府県展

4. 市区展　5. 社中展（　　　　　　）

購読新聞		購読雑誌		所属団体	

五合庵は山の中にある。国上寺《こくじょうじ》中腹の真言宗豊山派の小庵で、かつての国上寺住職万元阿闍梨《ばんげんあじゃり》の隠居所であった。国上寺は阿闍梨のために毎日五合の米を供したから、万元は自らの住す草庵を五合庵と名付けた。

良寛は寛政九（一七九七）年に五合庵にはいっているから、万元滅後八十年である。相当痛み、手入れをしなければ住める状態ではなかったであろう。良寛に五合庵を世話し、住めるよう修繕をしたのは、三峰館時代の学友で、中島（分水町中島）で医者をしていた原田鵲斎《はらだじゃくさい》（有則《ありのり》）であったと推定される。鵲斎は良寛に負けず劣らず奇行の人で、梅花を盗むのに丁夫を率いて全樹を掘り盗ろうとし、花の下に縛られて絶叫したという。

良寛は鵲斎より五歳上だったが、親友同士であった。五合庵に最初に良寛を訪ねたのは、どうやら鵲斎であったようだ。鵲斎には「良寛上人を尋ねる」の詩がある。

苔《こけ》の径《みち》は渓水《けいすい》に傍《そ》い
来《きた》り尋ねる丘岳《きゅうがく》の陰《かげ》
雲は深し燈火の影
鳥は和《わ》す木魚《もくぎょ》の音

谷川に沿った苔の道をいくと、山と丘との陰に五合庵がある。深い雲の中に燈火が見え、良寛が唱える読経の声と木魚の音に鳥の声が和すという、まことに調和した風景の中に五合庵があった。詩は「重ねて問う古禅林《こぜんりん》」で結ばれ、この山中の庵こそ古仏たちが弁道をした修行道場と鵲斎には感じられたのであった。

宅辺有苦竹

宅辺苦竹有《たくへんくちく》り

宅辺有苦竹
冷々数千竿
笋迸全遮路
梢高斜払天
経霜培精神
隔烟転幽間
宜在松柏列
何比桃李妍
竿直節弥高

宅辺苦竹有《たくへんくちく》り
冷々数千竿
笋《じゅん》は迸《ほとばし》って全く路を遮《さえぎ》り
梢《こずえ》は高く斜《ななめ》に天を払う
霜《しも》を経《へ》て精神を培《つちか》い
烟を隔てて転《うたた》幽間《ゆうかん》
宜《よろ》しく松柏の列に在《あ》るべし
何ぞ桃李の妍《けん》に比せん
竿直《かんちょく》にして節《せつ》弥《いよいよ》高く

心虚根愈堅
愛爾貞清質
千秋希莫遷

心《しん》虚《きょ》にして根《こん》愈堅《いよいよかた》し
愛す爾《なんじ》が貞清の質を
千秋 希《こいねがわ》くは遷《うつ》る莫《なか》れ

五合庵は竹林に囲まれていた。その竹を良寛はことのほか愛していた。春になれば道が通れなくなるほど竹の子が生え、梢は天を覆って夏の日を遮った。秋の霜に打たれるとむしろ生き生きとし、春の霞に包まれるとおくゆかしさが増してくる。花が咲くわけではないが、雑念のない心はまっすぐで、根はしっかりと大地をつかんでいる。良寛はこの竹に自分の生き方をなぞらえようとしているのである。

竹林にあって私も竹の子掘りをしたことがある。掘っても掘っても地中から頭を立ててきて、こちらがへとへとになってしまう。しなやかで美しい竹であるが、限りなく生命力が強い。今日の日本では森の力が竹の生命力に敗け、竹林はどんどん広がっていく気配である。あまりの勢いに竹の子堀りも追いつかず、風が吹き通るような爽やかさを失った竹林が各地に見える。竹の勢いが人を困らせているのである。

竹のしなやかな強靱さを、良寛は愛していた。五合庵では便所は離れたところにあった。ある時竹の子が便所の中に生え、屋根に突っかえてそれ以上伸びられなくなっていた。良寛はろうそくをともして屋根をうまく焼いて、竹の子だけが通る穴をあけようとした。ところがその火が燃え移り、便所全体が焼けてしまったということだ。

これも竹のしたたかな強靭さを示すエピソードであると、とればとれる。良寛の手にかかると、山川草木悉有《しつう》仏性で、生きとし生けるものすべてが仏性をもって生き生きとしてくるのである。

青山前与後　青山前と後と

青山前与後
白雲西又東
縦有経過客
消息応難通

青山前と後と
白雲西又東
縦《たとえ》経過《きょうか》の客有るも
消息《しょうそく》応《まさ》に通じ難《かた》かるべし

国上山中腹の五合庵は、麓の村から歩いて数十分のところで、深山幽谷にあるとはとてもいえない。釈迦は仏道修行者は人里離れた山中に住まず、人に近い村や町に住まず、その中間にいなさいと説いた。山中にいたのでは人に仏の教えを説くことはできず、また托鉢もできない。村や町にあったのでは、精神も集中できず、自分の修行ができない。上求菩提《じょうぐぼだい》、上に向かっては修行によりさとりの境地に至り、下化衆生《げけしゅうじょう》、下に向かっては人々に教えを説いて救済するのが、僧たるものの役割である。

良寛はまことに理にかなった場所で暮らしていたといえる。しかし、良寛の精神は白雲の流れる青山の奥の奥にあり、自分のことを理解してくれるひとはいないだろうなといっている。『五灯会元』や『伝灯録』には、深山にはいってさとりを得た数々の古仏の事績が書いてある。

師・馬祖道一《ばそどういち》（唐代の禅僧）の「即心是仏《そくしんしぶつ》（心は仏である）」との言葉により大悟した大梅法常《だいばいほうじょう》（唐代の僧）は、大梅山の草庵に一人住んで人と交わらず、松の実を食し蓮の葉を衣とし、三十年間坐禅修行をした。杖になる木をとりに山にはいってきた僧が、法常を見かけて馬祖に伝えた。馬祖は「心にあらず仏にあらず」の言葉を法常に伝えた。

「あの老人は人を惑乱して始末が悪い。私はひたすら心こそ仏であるとするのだ」

こういう法常の言葉を僧はそのまま馬祖に告げた。

「大梅山で育った実が熟したな」

こんな話が禅の世界にはたくさんあるのだ。

春暮二首の一

芳草萋々春将暮
桃花乱点水悠々
我亦従来忘機者
悩乱風光殊未休

春の暮 二首の一

芳草萋々《せいせい》春将《まさ》に暮れんとす
桃花乱点《らんてん》水悠々《ゆうゆう》
我れ亦従来機《き》を忘《ぼう》ずる者
風光に悩乱《のうらん》して殊《こと》に未《いま》だ休まず

詩を味わい、春の野にさまよい出たくなってくる。忘機者とは分別の心を忘れ無心の境地にいる人のことであり、春の風光の中に心地よく溶け込んでいる姿を示している。

俗欲をなくした良寛は、心の中に悩乱《のうらん》を生じさせているとはいえ、忘我の境地にあって、一種のさとりの状態にいるのだろう。しかし、このさとりは花に夢中になり、我を忘れるほど夢中になって、花を求めてあっちこっちにさ迷い歩くのだ。忘機とは人間の機知を忘れ去った状態であり、仏道にかなった境涯であるといえる。

様々な執着を一つ一つ脱ぎ捨てていくのが仏道修行である。一つも捨てられないのが現世に暮らす私たちであるが、すべてを捨ててしまいなさいと道元はいう。

納子《のうす》は雲の如く定《さだま》わる住処もなし。水の如くに流れゆきて、よる所もなきこそ僧とは云うなり。縦《たと》い衣鉢の外に一物《いつもつ》を持たずとも、一人の檀那《だんな》をも頼み一類の親族をも頼むは、即《すなわ》ち自他ともに縛住《ばくじゅう》せられて不浄食《ふじょうじき》にてあるなり。

(『随聞記六』より)

衲子とは禅修行者のことである。決まったところには住まず、水のように流れて、自然のままに生きるのを僧という。一衣一鉢といい、一着の衣と一個の鉢しか持っていなくても、一人の援助者や一族を頼りにしていたのではそこから束縛が生まれ、執着にがんじがらめになってしまう。

すべてを捨てた雲水の暮らしをした上での、良寛の忘機なのである。

黄鳥何関々

黄鳥　何ぞ関々《かんかん》たる

黄鳥何関々
麗日正遅々
端坐高台上
春心自不放
探彼囊与錫
騰々随道之

黄鳥　何ぞ関々《かんかん》たる
麗日《れいじつ》　正に遅々《ちち》たり
端坐す高台の上
春心　自《おのづから》　放《ほしいまま》ならず
彼《か》の囊《のう》と錫《しゃく》とを探《さぐ》って
騰々《とうとう》　道に随って之《ゆ》く

良寛は外護《げご》者に恵まれていた。外護とは、仏道修行者に修行に必要なものを提供し、心身に安穏を与えることである。阿部定珍《あべさだよし》は良寛の五合庵のあった国上寺近くの渡部村で、酒造業を営み庄屋の職を務めていた。たびたび良寛を五合庵に訪ね、手土産なども欠かさず、酒も持っていった。

定珍は希少本の『万葉集』や書の手本となる王羲之《おうぎし》の法帖などを持っていて、それを借りた良寛は大いに影響を受けたのである。和歌や漢詩などにも造詣が深く、良寛にとってはまことに頼みになる歌友であった。良寛の生きた江戸時代中期は地方文化の水準がまことに高く、その中で良寛も生きられたのだ。

しばしば良寛は阿部家を訪れたことが、この漢詩を読むとわかる。高堂とは他人の家の敬称で、阿部家の座敷で良寛は坐禅をしていたことになる。定珍と良寛はよく詩歌のやりとりをした。この時はまず定珍が詠んだ。

鳥は鳴くよもの山辺に花は咲く春の心ぞ置きどころなき

下の句が見事である。定珍への返しとして詠じたのがこの漢詩なのである。またこのようなやりとりも残っている。

定珍のうた

うぐひすの声を聞きつる朝より春の心になりにけるかな

返歌

いざ吾も浮世の中に交《まじ》りなむ去年《こぞ》の古巣を立ち出でて

昨年の古巣を今から飛び立ち、人間の住む浮世にはいっていきましょうというのだが、良寛の浮世とは頭陀《ずだ》袋と鉢と錫杖《しゃくじょう》を持っての托鉢のことなのである。

君抛経巻低頭睡　君は経巻《きようかん》を抛《なげう》ち頭《こうべ》を低《た》れて睡《ねむ》り

君抛経巻低頭睡
我倚蒲団学祖翁
蛙声遠近聴不絶
灯火明滅疏簾中

君は経巻《きようかん》を抛《なげう》ち頭《こうべ》を低《た》れて睡《ねむ》り
我れは蒲団《ふとん》に倚《よ》って祖翁《そおう》を学ぶ
蛙声《あせい》 遠近聴《き》き絶えず
灯火 明滅す疏簾《それん》の中

外護者阿部定珍と良寛との交友の一局面といったところだ。阿部家で醸造したに違いない酒を飲み、二人ともしたたかに酔っている。それまで仏の道のことなど説きあっていたのか、定珍は経巻をほうり出し、頭をたれて眠りこけている。

良寛は良寛で達磨大師の教えのとおりに坐禅をしている。良寛は蛙の音を聞き、天地の大音響を感じている。二人は簾《すだれ》の中にいて、そこではまるで心が乱れているかのように灯火が揺れて明るくなったり暗くなったりしているのだ。

こんな時もあったのだろう。心を許しあった飾らない人間関係が好ましい。

阿部定珍とならんで良寛の外護者となったのが、良寛が「当代の善人」と呼んだ解良叔問《けらしゆくもん》である。叔問は国上村《くがみむら》牧が鼻の庄屋で、良寛より五歳上であった。信仰心が篤く欲心はまったくなくて、春夏秋冬の四時《しいじ》に良寛に衣食を贈った。叔問はしばしば五合庵を訪ねたが、良寛も解良家を訪ねて気の赴くまま何日でも逗留した。

良寛の人となりを見て『良寛禅師奇話』を書き残したのが、叔問の末子の栄重《よししげ》であった。良寛が七十四歳で没した時、栄重は二十二歳だった。「葷酒《くんしゆ》山門に入《い》るを許さず」というが、良寛は酒好きであった。

「師、常に酒を好む。しかりと云えども、量を超えて酔狂に至るを見ず」

栄重はこのように書いた。良寛は相手を選ばず、誰とでも金を出しあって割り勘で飲んだ。

「汝《なんじ》一盃、吾れ一盃」

このようにいって交互に飲み、盃の数が違って損をすることのないよう平等に気を遣っていた。

秋夜偶作

秋夜偶《たまたま》作る

覚言不能寝
曳杖出柴扉
陰蟲鳴古砌
落葉辞寒枝
渓邃水声遠
山高月色遅
沈吟時已久
白露霑我衣

覚めて言《ここ》に寝《い》ぬる能わず
杖《つえ》を曳いて柴扉《さいひ》を出づ
陰蟲古砌《いんちゅうこせい》に鳴き
落葉《らくよう》寒枝を辞す
渓邃《たにふか》くして水声遠く
山高くして月色遅し
沈吟《ちんぎん》時已に久しく
白露我が衣を霑《うるお》す

夜半、遅く出た月の明かりのもとで、溪《たにがわ》のほとりに立ち、せせらぎを聞いている良寛の姿から、私は道元の『正法眼蔵』のうち「溪声山色」の巻を思い浮かべた。蘇東坡《そとうば》は宋代第一の詩人であり、禅のすぐれた修行者であった。その境地は深淵に遊んだかと思えば、層雲にも自在に昇ることができた。ある時廬山の東林寺で参禅した折、夜溪流の音をきいてさとりの境地に至った。蘇東坡は偈をつくって常総禅師《じょうそうぜんじ》に呈した。

溪声《けいせい》便《すなわ》ち是《こ》れ広長舌《こうちょうぜつ》
山色清浄身に非ざること無し
夜来八万四千の偈
他日如何《いか》んが人に挙似《こじ》せん

溪の音は雄弁であった。すなわち永遠の釈迦牟尼仏の説法の声である。見渡すかぎりに見える山は、すべて釈迦牟尼仏の姿である。すなわち清浄身だ。昨夜から数えてみれば八万四千という無数の偈が説かれているのだが、どうやって仏の説法を人に示してやればよいのだろうか。

自然そのものが仏であると、蘇東坡はさとったのだ。自然の中になんの齟齬《そご》もなくこうしている自分も、すなわち仏だということである。私心も欲もあらゆる煩悩もない自然はそのまま仏の清浄身で、そのことをさとった身には、渓流をはじめ木の葉のさやぎや風やすべての自然の物音が、釈迦牟尼仏の説法と聞こえる。完璧に調和したゆるぎのない自然の光景が、仏祖の世界なのだ。こうしてとらわれもなく山中にいる自分は、いつしか仏の世界に遊んでいるといえる。

これは良寛の世界でもあると私は思う。

清夜二三更

清夜《せいや》二《に》三更《さんこう》

清夜二三更
執策出門行
藤蘿相連接
石路何羊腸
棲鳥鳴其枝
玄猿嘯我側
遥望無量閣
濶達到上方
老松皆千尋

清夜　二三更
策《つえ》を執《と》って門を出でて行く
藤蘿《とうら》　相連接し
石路《せきろ》　何ぞ羊腸《ようちょう》たる
棲鳥《せいちょう》　其の枝に鳴き
玄猿《げんえん》　我が側《かたわら》に嘯《うそぶ》く
遥《はるか》に無量閣を望み
濶達《かったつ》　上方に到る
老松　皆千尋《せんじん》

冷泉湧寒漿
天風吹不断
孤輪掛太蒼
間倚高檻立
飄如雲鶴翔

冷泉《れいせん》　寒漿《かんしょう》を湧《わ》かす
天風吹きて断《た》えず
孤輪《こりん》　太蒼《たいそう》に掛《かか》る
間《しばらく》高檻《こうらん》に倚《よ》って立てば
飄《ひょう》として雲鶴の翔《かけ》るが如し

ある秋の深夜、良寛は眠れぬまま五合庵を出て、鳥や猿が啼く中を国上寺本堂の阿弥陀堂までやってきた。老松がならび、泉からは絶え間なく水が湧き上がって、天風が吹き、天には一輪の月が架かっている。自分が鶴になって空を飛んでいるような心地がする。

見慣れたはずの風景なのに、夜の自然は装いも新たで、半ば夢の世界にいるような心地がする良寛は、意識しないうちに神通力を得ていたのだ。ここは解脱境なのである。

良寛のこの詩は、道元『正法眼蔵』の「行持下」と呼応していることに私は気づいた。道元は自分は何の取り柄もないのに山門の主になっていることを知る。これからは古人の住持の例にしたがい、決して山を下らず、檀家の供応にゆかず、布施を求めない。寺院の所領の一年分を三百六十に均分し、すべての人に平等に食する。飯とするに足るなら飯とし、飯とするに不足なら粥とする。粥とするに不足であれば、湯を増して重湯とする。

この風景は天地の活気に満ちている。花は咲くことを知り、鳥は啼くことを知っている。木々は馬となっていななき、石牛《せきぎゅう》は無心に走る。青山は一色で心は乱れず、耳元に泉の音はしても心は静かだ。峰で猿は啼き、露は深夜の月を濡らしている。林間に鶴は啼き、風は清らかで暁の松をめぐる。春風が起きる時、枯木は勢いづき（仏法を説き）、秋の木の葉が凋《しぼ》み落ちれば寒林に花を散らす。文様を敷いた苔は美しい階段のようで、峰々にかかる霞は人の顔にもかかっている。人の訪れもなく静謐で、ここはさらに何の趣向をそえることもない解脱境である。

流年不暫止

流年暫《しばら》く《ママ》も止まらず

流年不暫止
人生長若寄
昨為紅顔子
今変如魑魅
一朝纆病牀
親族漸捨離
乖張応有日
嘍囉施無地
前路尚未覚

流年　暫《しばら》くも止まらず
人生は長くも寄するが若《ごと》し
昨《きのう》は紅顔の子たり
今《いま》は変じて魑魅《ちみ》の如《ごと》し
一朝　病牀《びょうしょう》に纆《まつ》われば
親族　漸く捨《す》て離《さ》る
乖張《かいちょう》　応《まさ》に日有るべく
嘍囉《ろうら》　施すに地無し
前路　尚未《なおいま》だ覚《さと》らず

後事令誰委

後事　誰をして委《ゆだ》ね令《し》めん

生老病死の四苦からは誰も逃れられず、諸行無常は釈迦が認識した三法印もしくは四法印の根本真理である。朝《あした》の美少年は、夕暮れには醜老となる。老いて病に臥す身となれば、親族たちも見捨てて去っていってしまう。老いの身には、若い時には思いもかけなかったことが起こるものである。

出家をし、俗世を捨てたはずの良寛ではあったが、俗世の苦しみは容赦なく襲いかかってきた。父以南は京都で尊王運動をしたとされるが、世を厭《いと》い桂川に入水自殺をとげ、京都にて公卿の学館で儒者をし、宮廷に召される輝かしい立身出世をした弟・香も、父の死後一年で同じく桂川に身を投じている。

出雲崎で生家橘屋を継いだ次男由之《ゆうし》は、町名主としての経営の失敗から百姓八十四人に代官所に駆け込み訴訟を起こされる。判決は名主の由之は橘屋の家財没収のうえ所払い（追放処分）、妹たかの夫で町年寄役の伊八郎は役儀剥奪（免職）と罰金五貫文、由之の子馬之助は名主見習職剥奪となり、いつの時代からはじまったのかもわからないほどの出雲崎の名門橘屋は良寛の目の前でもろくも消滅した。この二年後に自分の身内のため夫を窮地に入れたことが心労となった妹たかが死んだ。

家運が傾きかけた生家を早々と見捨てるかたちで出家した良寛ばかりが、世間の荒波をいつも逃れてきた。そのための忍辱行を確かに良寛の行いには感じることができる。

それらは世の無常とともに生起したことだが、無常はまたすべてを遠くにさらっていくのである。

地震後詩

地震後の詩

日々日々又日々
日々夜々寒裂肌
漫天黒雲日色薄
匝地狂風捲雪飛
悪浪蹴天魚龍漂
墻壁鳴動蒼生哀
四十年来一回首
世移軽靡信如馳
況怙太平人心弛

日々《にちにち》日々又日々
日々夜々寒さ肌《はだえ》を裂《さ》く
漫天の黒雲日色薄く
匝地《そうち》の狂風雪を捲《ま》いて飛ぶ
悪浪《あくろう》天を蹴《け》って魚龍漂ひ
墻壁《しょうへき》鳴動して蒼生《そうせい》哀《かな》し
四十年来一たび首《こうべ》を回《めぐ》らせば
世は軽靡《けいひ》に移る　信《まこと》に馳《は》するが如し
況《いわん》や太平を怙《たの》んで人心弛《ゆる》み

邪魔結党競乗之
恩義却為讐
忠貞更無知
論利争毫末
悟道徹底癡
慢己欺人称好手
以紫為朱凡幾時
呼鹿為馬曾無知
大地茫々皆如斯
吾独惆悵訴阿誰
凡物自微至顕亦尋常

邪魔党《とう》を結《むす》んで競《きそ》いて之れに乗ず
恩義却つて讐《あだ》と為り
忠貞更に知る無し
利を論じて毫末《ごうまつ》を争い
悟道《ごどう》も徹底の癡《ち》のみ
己《おの》れを慢《あなど》り人を欺きて好手《こうしゅ》と称し
紫を以て朱と為すこと凡《およそ》幾時ぞ
鹿を呼んで馬と為し曾《かつ》て知る無し
大地茫々《ぼうぼう》皆斯くの如し
吾れ独惆悵《ひとりちゅうちょう》阿誰《たれ》にか訴《うった》えん
凡物《およそもの》微《び》より顕《けん》に至る亦《また》尋常

這回災禍猶似遅
大丈夫之子須有志気
何必怨人咎天傚児女

這回《このたび》の災禍猶《なお》遅きに似たり
大丈夫の子　須《すべからく》　志気あるべし
何ぞ必ずしも人を怨《うら》み天を咎《とが》めて児女《じじょ》に傚《ならわ》ん

文政十一（一八二八）年十一月十二日朝五ツ時（午前八時頃）、三条大地震が起こった。蒲原郡三条町を震源とするマグニチュード六・九と推定される直下型大地震の越後の被害は、死傷者四千三百人、全壊家屋一万三千軒、半壊家屋九千三百軒、焼失家屋千二百軒と、記録に残るものだけを集めた概略でもこのように大規模のものであった。

この時、良寛は被害にあった人々への憐れみよりも、地震をきっかけにして堕落した世の中への怒りをぶつけるのだ。

邪悪な人々は徒党を組み世の中の悪風に乗じて跋扈《ばっこ》し、恩義の心は忘滅し、忠実篤実など人々が持っていた美徳などは知るものもいなくなった。利益を求めてほんのわずかなことでも争い、道義を語るなど大馬鹿のまた大馬鹿である。傲慢になって人を欺《あざむ》くのをやり手となし、土の上に泥を重ねるような汚い悪事をやめようともしない。

これは今の時代の風潮にもぴったりと当てはまる。いつも物腰がゆっくりしていて、人との争い事を好まない温厚な良寛であるが、怒りを爆発させておさめることはしない。今日も日本だけとはいわず世界的に大地震が頻発し、人々を苦しめている。天変地異は自然現象だと良寛はみなさず、私たちも心の一部では時代が招いたことだと思っている。

温暖化にともなう気候異変は、間違いなく私たちが引き起こしたことだ。良寛なら私たちのこの時代をどう表現しただろうかと、ふと私は想像してみるのである。

良寛と近代文人

良寛を思慕する人は、在世時代から多くいましたが、近代以降の評価に大きく影響したのは、歌人・正岡子規です。彼の日記に「僧良寛の歌集を見る。詩にも歌にも書にも巧みなりしとぞ、詩は知らず、歌集の初めにある筆跡を見るに絶倫なり。歌は書に劣れども、万葉を学んで俗気なし」とあります。この評価は斎藤茂吉や伊藤左千夫などにも受け継がれました。良寛を子規に紹介したのは会津八一とされています。

夏目漱石も高く評価し、さかんに良寛の書を入手しようとしていました。漱石は良寛の書について「旨い、旨いといふより（その境地が）高い」とも言っています。

［第五章］……………筆硯

筆硯

筆硯《ひっけん》

我与筆硯有何縁
一回書了又一回
不知此事問阿誰
大雄調御天人師

我れと筆硯と何の縁か有る
一回書き了《おわ》りて又一回
知らず此の事阿誰《たれ》にか問わん
大雄調御《だいおうちょうご》天人師

解良栄重『良寛禅師奇話』には、人々が良寛の書をさかんに欲しがったことが書かれている。

新潟に飴屋万蔵《あめやまんぞう》というものがいて、良寛の筆によって店の看板を書いてもらおうとした。紙と筆を持って歩いて和尚を探そうとしたが、なかなか出会えなかった。地蔵堂のある家で良寛と出会い、頼みに頼んで看板の文字を書いてもらってついに念願をかなえた。和尚にしてみたら、迷惑千万なことに違いない。

「今日は災難に遭った」

和尚は人にこう話した。後年に栄重が新潟にいくと、飴屋に和尚の看板がかかっていたという。

ある時、良寛は笠をかぶった石地蔵の傍らに立って雨宿りをしていた。通りかかった人が和尚だと知り、家に連れて帰って書を頼んだ。渡された十二枚の紙に、「いろは にほへと ちりぬるを わかよ たれそ つねならむ うゐの おくやま けふこえて あさき ゆめみし ゑひもせす」と書いた。

和尚は色紙や短冊を出されると、漢詩や和歌を自分の心のままに書き、書法にはまったくこだわらなかった。

書家の書を嫌った。歌人の歌を嫌い、料理人の料理は、作為的だとして嫌った。

ある家で風邪をひき一晩泊めてもらった和尚は、床が新潟の有名な書家が書いた屏風で囲ってあるのを見て、こういった。

「むべなるや、わしが病気になったのは、この書家の屏風を立てたからだ」

可憐好丈夫

可憐好丈夫
間居好題詩
古風擬漢魏
近体唐作師
斐然其為章
加之以新奇
不写心中物
雖多復何為

可憐《かれん》なる好丈夫

可憐《かれん》なる好丈夫
間居好んで詩を題す
古風は漢魏《かんぎ》に擬《ぎ》し
近体は唐を師と作す
斐然《ひぜん》として其れ章を為し
之れに加えるに新奇を以てすれども
心中の物を写さずんば
多しと雖復《いえどもまた》何をか為さん

良寛は漢詩をたくさんつくったが、手なぐさみというものではなかった。心の中にあるものを振り絞るようにして言葉にしたのである。だからこそ題を出して詩を詠む遊戯性を否定し、見た目が美しくなるようにならべた詩句を否定し、新奇さを否定する。詩は良寛にとっては人生そのものであったのである。良寛の詩魂は近代詩人に近かった。生きていく過程でいわねばならないことを、詩の形にしていったのである。

道元は『正法眼蔵随聞記』でいう。

「無常迅速なり、生死事大《しょうしじだい》なり。暫く存命《ぞんみょう》の間、業を修し学を好まんには、ただ仏道を行じ仏法を学すべきなり。文筆詩歌等その詮《せん》なきなり。捨つべき道理左右《さう》に及ばず」

時は駆け足で去っていくから、生死の真理を明らかにすることが重要である。

しばらく命のある間、わざを修め学問を好もうと思うなら、ただひたすらに仏道を修行し仏法を学ぶべきだ。文章をつくったり、詩歌をつくったりは、役に立たないので捨てるべきが道理である。

道元のこの主張は手広くあっちもこっちも学んだのでは、無常の世の中でまともなことは何一つできない。本当に大切なただ一つのことをやりとげればよいということである。

良寛は「僧にあらず、俗にあらず」で聖俗中間に位置し、俗の世界に踏み込むことも恐れなかった。人のやることはなんでもやり、その中に道を見つけたのであった。詩をつくり、酒も飲んだ。詩の中に、一筋つづく純粋な道を求めたのであった。より人間的だと私には感じられる。

言語常易出

言語は常に出し易《やす》く

言語常易出
理行常易虧
以斯言易出
逐彼行易虧
弥逐則弥虧
愈出則愈非
潑油救火聚
都是一場癡

言語は常に出し易《やす》く
理行《りぎょう》は常に虧《か》き易し
斯《こ》の言の出《いだ》し易《やす》きを以て
彼の行《ぎょう》の虧《か》き易きを逐《お》う
弥《いよいよ》逐へば則《すなわ》ち弥《いよいよ》虧《か》け
愈《いよいよ》出れば則ち愈非なり
油を潑《そそ》ぎて火聚《かしゅ》を救う
都《すべ》て是れ一場の癡《ち》

『ブッダのことば—スッタニパータ』（中村元訳・岩波文庫）にいわく。

六三　俯《ふ》して視《み》、とめどなくうろつくことなく、諸々の感官を防いで守り、こころを護《まも》り（慎み）、（煩悩の）流れ出ることなく、（煩悩の火に）焼かれることもなく、犀の角のようにただ独り歩め。

ブッダはたえず道にかなった行いをし、言葉をつつしみ、自らの煩悩をおさえて生きていた。煩悩の火が燃え上がってその火にその身が焼かれそうになると、そっと身をつつしみ息をひそめ、その火が燃え上がるのを抑えたのだった。そして、徒党を組むでもなく、犀の角のようにひとり歩んだのだ。良寛の生き方も、いかにも犀の角のようにひとり歩んだのである。だが時には身と心とはばらばらとなる。心の中の高い理想に、煩悩の災いを受けやすい身はついていけなくなる。実行できなかったことを言葉で埋めることを、良寛は戒めたのである。言葉とは言い訳などに使うものではない。使い易いのだから、使うべきではないというのである。

「諸々の感官を防ぎ」とは、外からの悪い影響が感覚器官や内臓の内側に及ばないようにすることであり、修行を絶え間なく継続させることである。「俯して視」るとは、自分が外に対して悪影響をおよぼさないように、つまり歩くことによって虫を踏み潰さないようにすることを意味し、「とめどなくうろつくこと」を戒めている。ブッダはそこまで気を配って一歩一歩歩《あゆ》んだのである。

そのブッダの生き方こそが、良寛の究極の手本だったのだ。

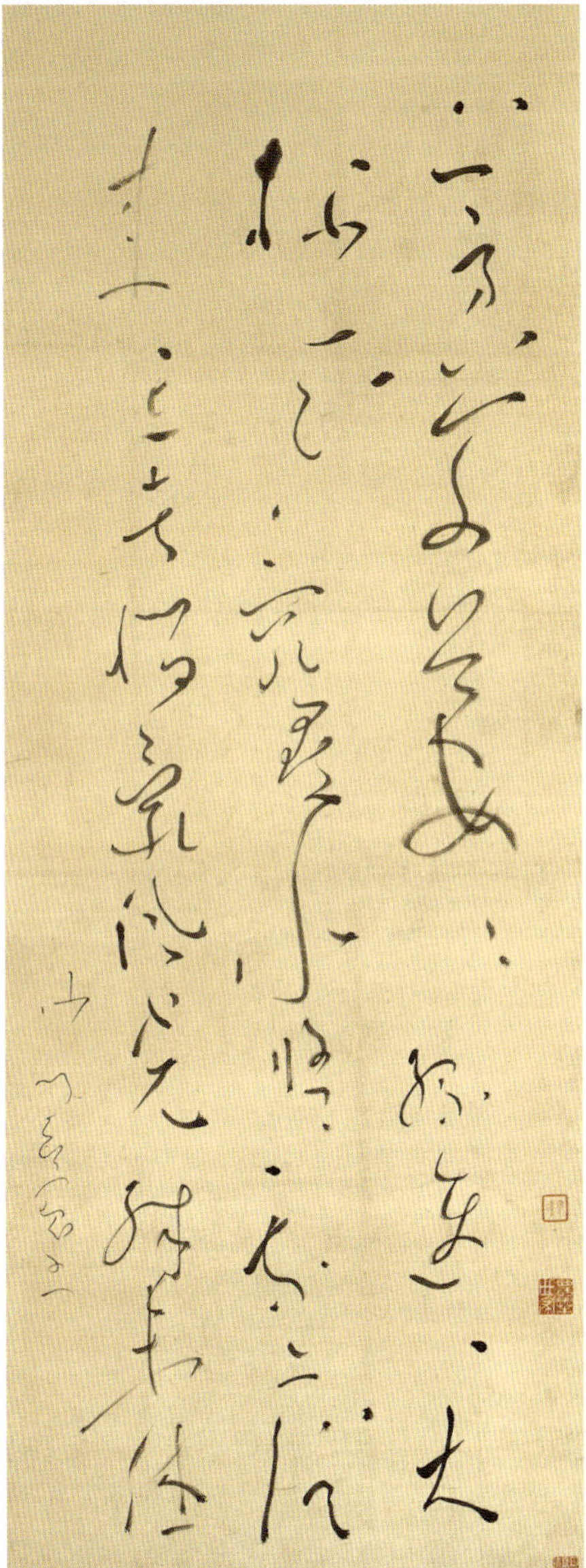

芳草萋々緑連天。

桃花乱点水悠々。我亦従

来忘（機）者。悩乱風光殊未休。

沙門良寛書。（84頁の類詩）

宅邊有竹林其右
二畝園中千竿
逆金渡路楹高
斜林了經雨畫
精神高風自

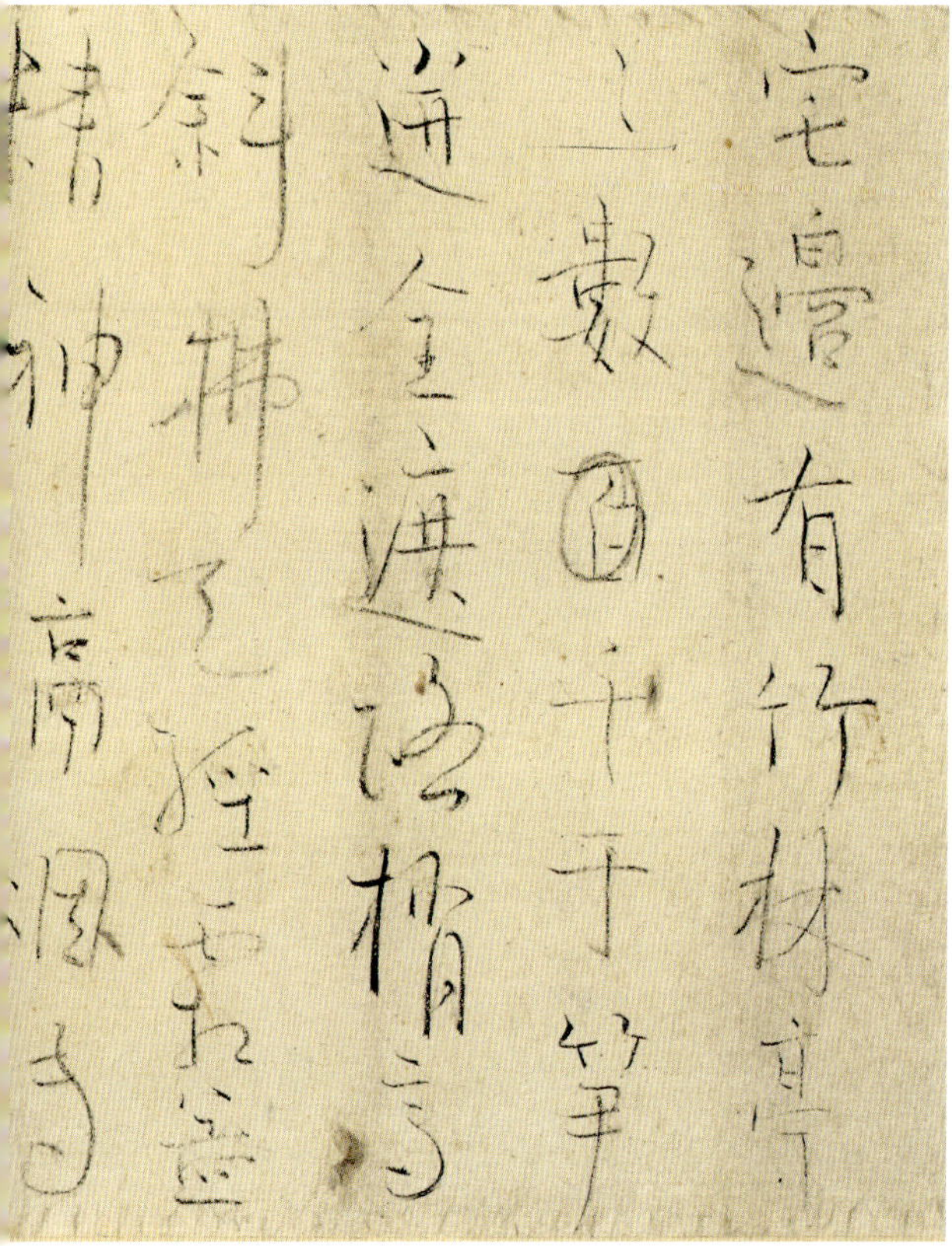

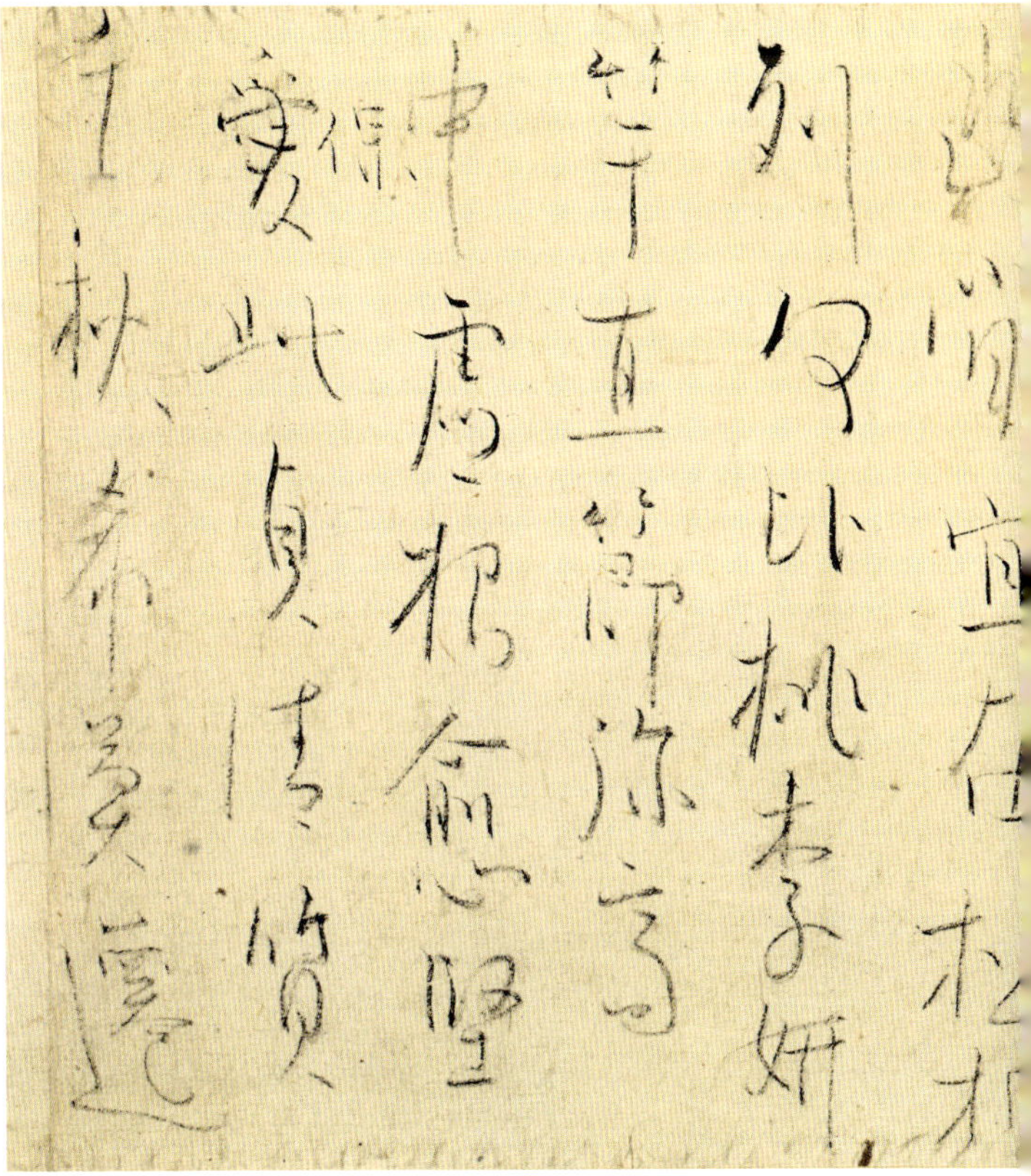

宅辺有竹林。亭々数千干。笋迸全遮路。梢高斜払天。経霜益精神。隔烟転幽間。宜在松柏列。何比桃李妍。

竿直節弥高。

中虚根愈堅。

保此貞清質。

千秋希莫遷。

（77頁の類詩）

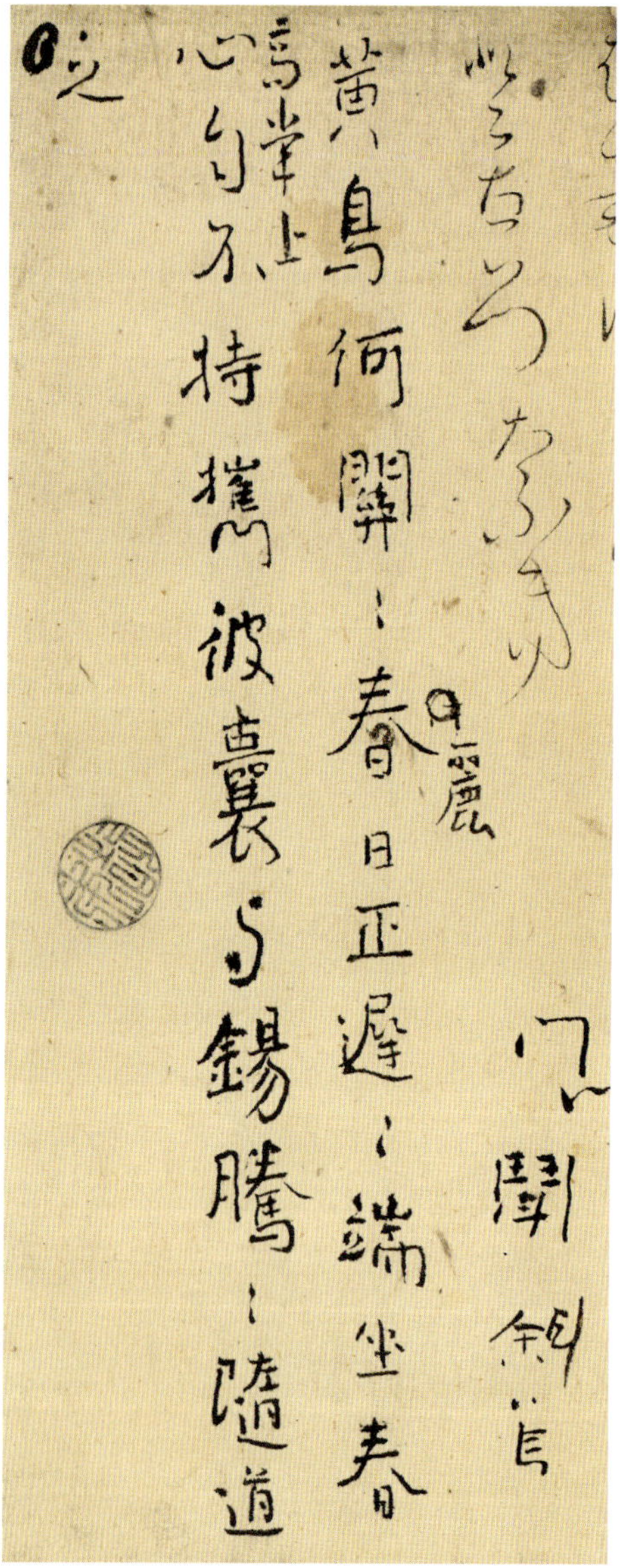

黄鳥何関々。麗日正遅々。端坐春
高堂上。（春）心自不持。携彼嚢与錫。騰々随道
之。
（87頁の類詩）

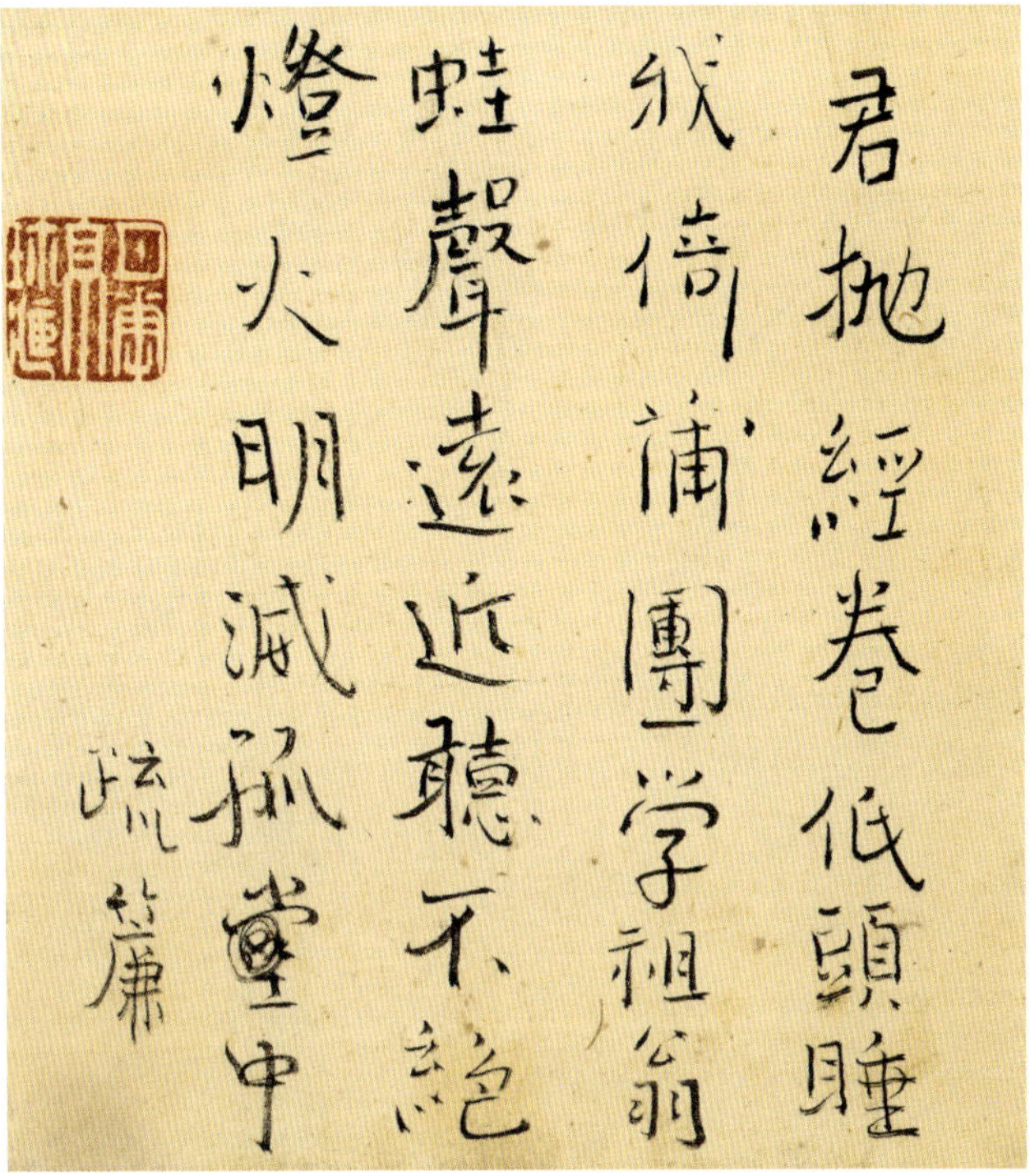

君抛経巻低頭睡。
我倚蒲団学祖翁。
蛙声遠近聴不絶。
灯火明滅疏簾中。
（91頁）

清夜三更の勅
策出つゝり石径
の筆鋒藜樹影
蒼々椅子鳴其
枝玄猿叫象傍

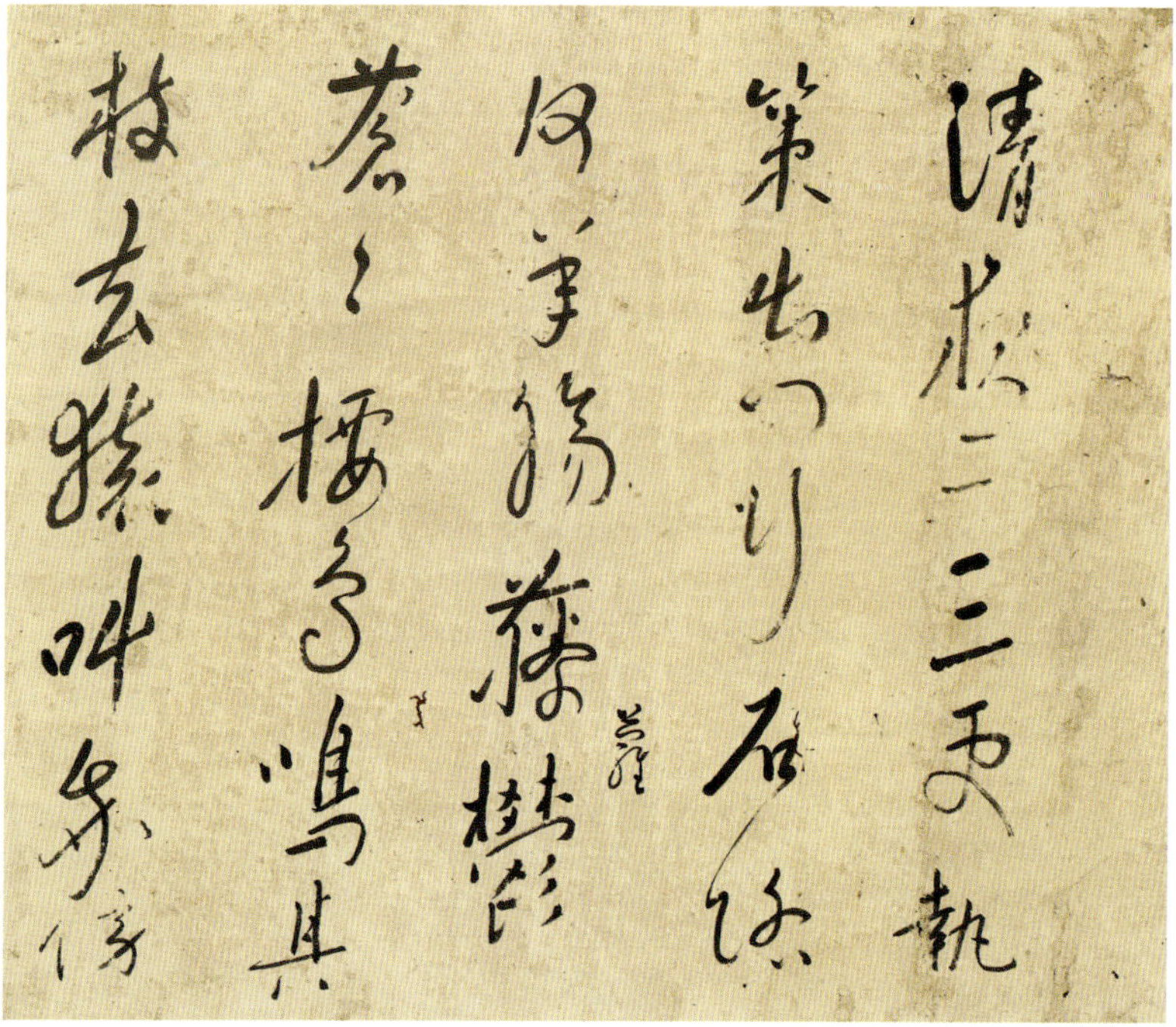

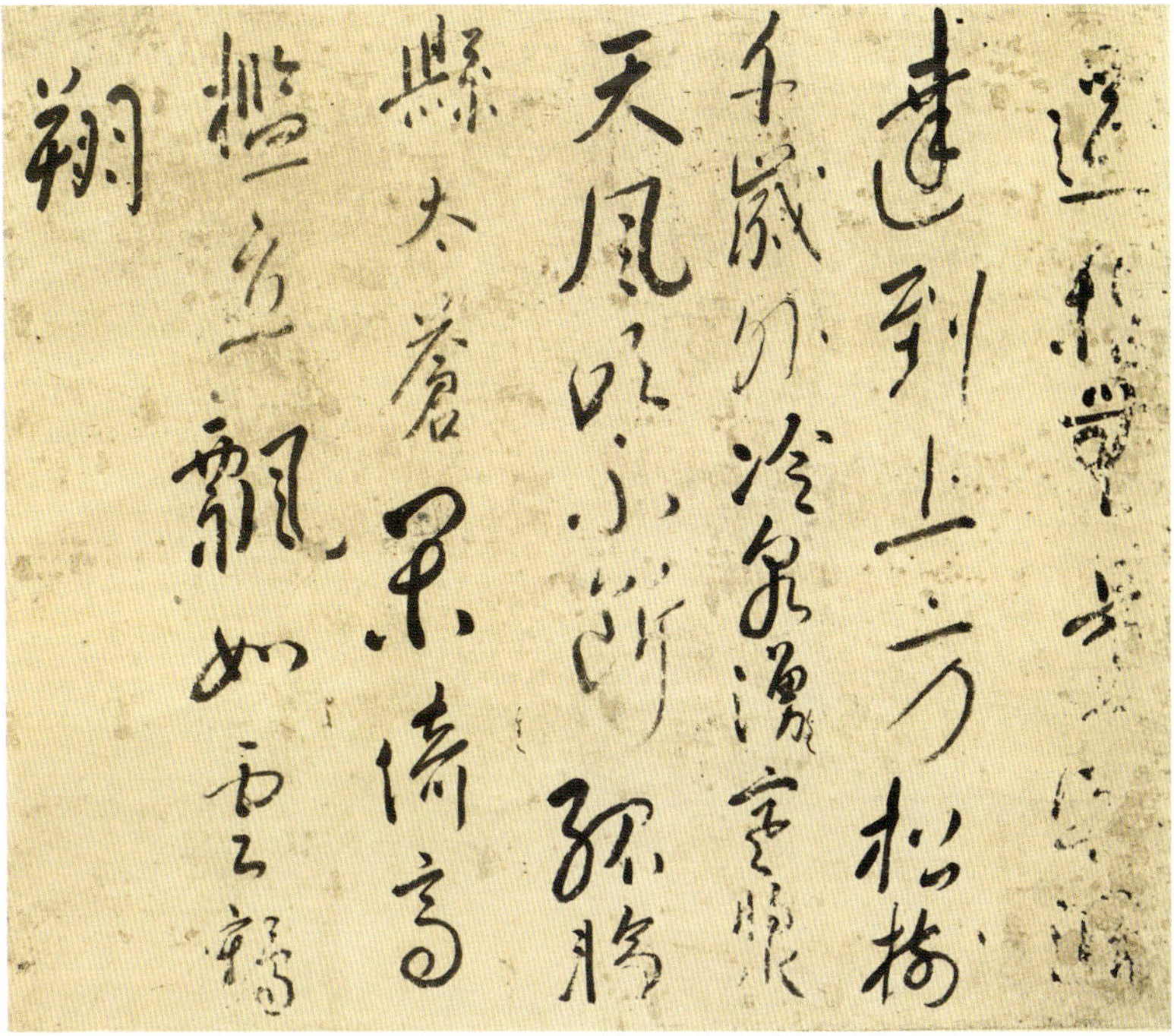

清夜二三更。執
策出門行。石路
何羊腸。藤蘿欝
蒼々。棲鳥鳴其
枝。玄猿叫我傍。
遥指無量閣。澗
達到上方。松樹
千歳外。冷泉湧寒漿。
天風吹不断。弧輪
縣太蒼。閑倚高
檻立。飄如雲鶴
翔。

（97頁の類詩）

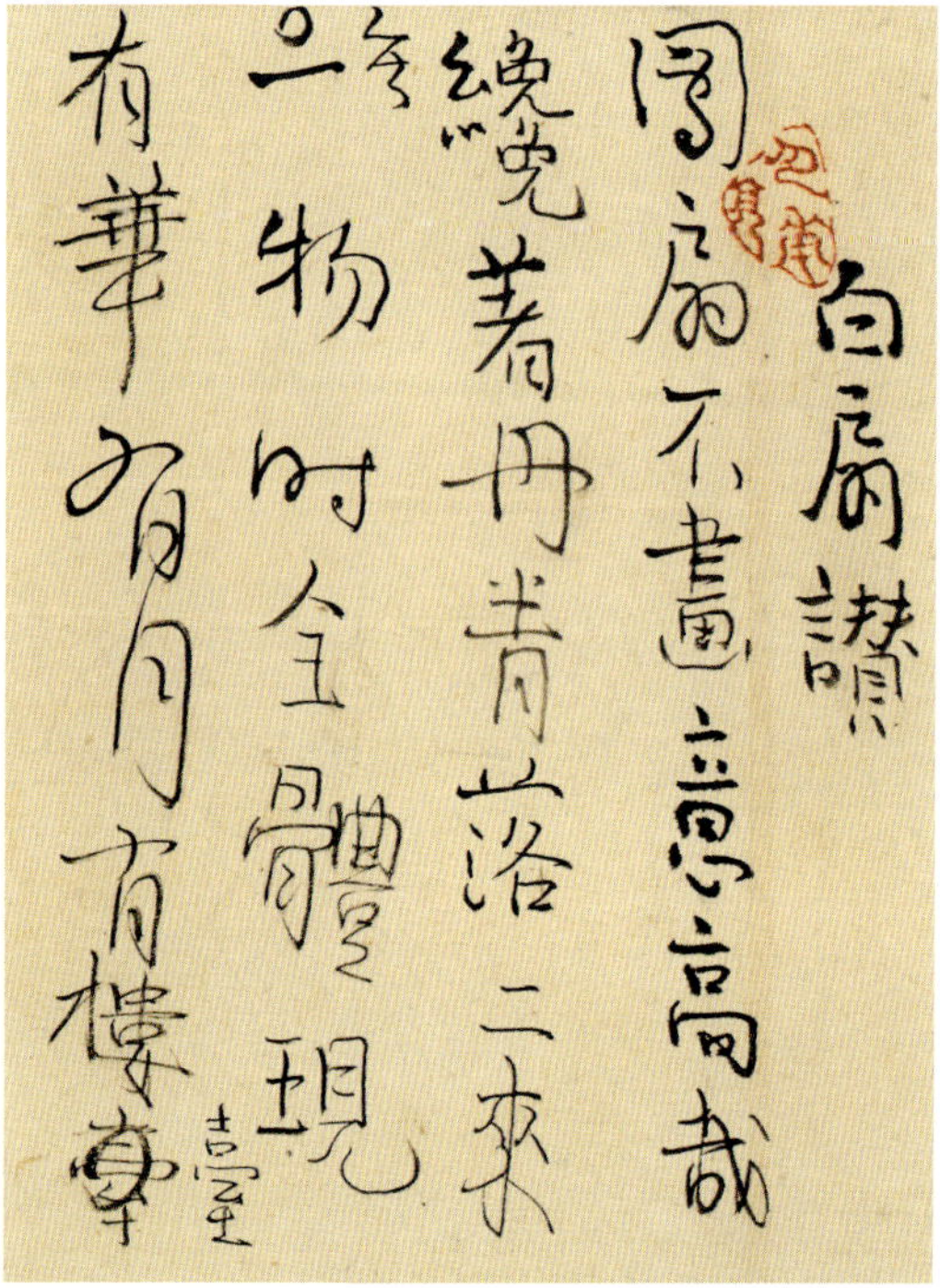

白扇讃
団扇不画意高哉。
纔著丹青落二来。
無一物時全体現。
有華有月有楼台。
（135頁の類詩）

誰我詩謂詩　誰れか我が詩を詩と謂う

誰我詩謂詩
我詩是非詩
知我詩非詩
始可与言詩

誰れか我が詩を詩と謂う
我が詩は是れ詩に非ず
我が詩の詩に非ざるを知って
始めて与《とも》に詩を言うべし

良寛は誰かに誉めてもらいたくて詩を書いたのではない。金品をもらいたいために詩を書いたのでもない。内側からあふれ出る感情を文字に受けとめ、それを身の外側に自然の流れとして出していったのだろう。その文字が流麗にして端正で気品をたたえていたが、良寛はその詩を飾るために美しい書を選んだのではもちろんない。

良寛は「道うたた寛《ひろ》し」の道を歩いていたのである。その道は広くてゆるやかであったが、必ず悟道へと通じている。だからこそ、良寛は詩歌で人間関係やただ美しい自然を描いたというのではない。求めていくその道を詩にしたのだ。

良寛は多くの花鳥風月を詩にしたが、思い込みや偏見を離れてそれぞれの事物を見ると、諸存在の諸相が一貫した真理につらぬかれ、それぞれの姿（相）を持っていることがわかる。それを諸法実相《しょほうじっそう》という。

もろもろの現象とはありのままの姿形であり、ありのままの身体であり、ありのままの心である。ありのままの世界であり、ありのままの花鳥風月であり、ありのままの行住座臥《ぎょうじゅうざが》であり、ありのままの喜怒哀楽であり、ありのままに人が生きるすべてである。仏が見るあるがままの実相を、修行によって自分自身もあるがままに見ようとする。実相には姿も形もない。だから時には老梅樹の姿をして現れ、時には花鳥風月の姿をとって現れる。つまり、さとりの瞬間はいつ現れるかわからない。

春は花夏ほととぎす秋は月冬雪さえてすずしかりけり

道元は自らの歌を、和歌ではなく、仏の教えを詠んだ釈教歌と呼んだ。実相を見る、つまりさとりの瞬間について語っているからだ。

良寛の詩もめざすところはそのようなものである。

六十四年夢裏過　六十四年夢裏《むり》に過ぐ

六十四年夢裏過
（掣電光裏六十年）
世上栄枯雲往還
崑根欲穿深夜雨
灯火明滅孤窓前

六十四年夢裏《むり》に過ぐ
（掣電光裏《せいでんこうり》六十年）
世上の栄枯は雲の往還《おうかん》
崑根《がんこん》穿《うが》たんと欲す深夜の雨
灯火明滅す孤窓の前

六十四歳の良寛は、乙子《おとご》神社の草庵に一人いて、深夜大岩の根本まで穿《うが》つかと思えるほどの激しい豪雨の音を聞いている。まるで良寛の心の中を示すかのように、窓の前で灯火がうち震えて明滅している。六十四年は夢の中のように過ぎ、世の中の栄枯盛衰は雲の行き来のようにたえず変化をするのだが、無常は無常として、良寛は心の内に気迫のようなものを溜めている。豪雨の音を聞き、燈火の明滅を見ているうち、良寛はある重大な決意をするのである。老境の良寛に、これほど緊迫した瞬間があったのだ。

文政四年（一八二一）から文政六年（一八二三）にかけて、すなわち六十四歳から六十六歳にかけて、良寛は米沢から鶴岡にかけての旅をする。良寛は上杉鷹《うえすぎよう》山《ざん》への憧憬を持っていて、米沢藩を訪れたいとかねて願っていたのである。鷹山が藩主の家督を子に伝授した「伝国の辞」は、歴代藩主に受け継がれていった。三ヶ条あるのだが、一つはこのようである。

国家人民のために立ちたる君にて、君のために立ちたる国家人民はこれなく候。

庄内藩の鶴岡は、師大森子陽が客死したところである。鶴岡に学塾を開いていた子陽は、詳細は不明ながら庄内藩の何者かに斬殺されたとされている。弟子が遺骨あるいは首を子陽の故郷の越後国寺泊町当新田《とうしんでん》の菩提寺万福寺まで運んできて、墓を建てた。鶴岡では遺髪を埋めて鬚髪碑《しゆはつひ》(鶴岡市明伝寺に現存する)をつくった。

良寛は鶴岡で鬚髪碑に参ったのに違いない。ついに故郷に帰れなかった師を思うと、良寛も長旅を前にして激しいほどの決意がいったのだ。

白扇讃

白扇《はくせん》の讃《さん》

団扇不画意高哉
纔著丹青落二来
無一物時全体現
有華有月有楼台

団扇《だんせん》 画《えが》かざる意《い》 高《たか》き哉《かな》
纔《わずか》に丹青《たんせい》を著《つ》くれば二《に》に落《お》ち来《きた》る
無一物《むいちもつ》の時《とき》 全体《ぜんたい》現《あら》わる
華《はな》有《あ》り 月《つき》有《あ》り 楼台《ろうだい》有り

何もない空《くう》の中こそ限りない宝蔵であるとは、大乗仏教の究極の思想である。唐の三蔵法師玄奘《げんじょう》によって訳され、今日も多くの人に愛誦されている摩訶般若《まかはんにゃ》波羅密多心経《はらみつたしんぎょう》、通称『般若心経』の中心の言葉はこうである。

色即是空《しきそくぜくう》　空即是色《くうそくぜしき》

これを直訳すると、「形あるものは即ち空であり、空は即ち形あるものである」ということになる。どんな現象にも、はじまりという固定された本質があるわけではない。現象や姿形としてあらわれるもの、つまり私たちが見たり感じたりするものは、すべてそもそもの原因（因）があり、それが条件（縁）によって現象や姿形になった結果（果）としてそこにある。しかも、条件は刻一刻変化している。絶対というものや、固定したものはそもそも存在しないというのが、仏教の空観《くうかん》であり、『般若心経』の立場である。

扇に何も描かれず、白扇のままならば、縁もないので因果はひらかない。つまり、無限の可能性をそこに宿している。いまだ描かれてはいないにせよ、そこには可能性としての花があり、月があり、楼台があるのだ。

白扇の上にどんなにわずかでも色彩が置かれたなら、その縁によって空ではなくなり、因果はごく狭まってしまう。無限の可能性を埋蔵させているとはいかなくなる。

私たちが生きるとは、たえず縁をはたらかせることであり、私たちの息遣いによって一瞬一瞬縁が変わって表れる現象も変化するのである。そこにはいつも同じ時間はつづかず、たえず変化にさらされるという無常観が生まれる。私たちは無常にさらされているのだ。

よいことはつづかないが、同時に悪いこともいつまでもつづいていかないということである。だからこそ私たちは生きられるのだ。

良寛と木村家

良寛が晩年身を寄せた木村家は、新潟県三島郡和島村大字島崎で百姓代を勤めていました。良寛の徳を慕っていた当時の第十一代当主・元右衛門が、六十九歳の良寛に乙子神社草庵から自邸に移るよう勧めました。そのため木村家には、自由で奔放な草書をはじめ、静かな息遣いがそのまま感じられるような細楷など、良寛晩年の書がまとめて残されているのです。これらは、貼り混ぜ屏風に仕立てられていたお陰で散逸することなく、母屋が戊辰戦争で消失した際も土蔵に守られました。他にも約六千字に及ぶ和歌巻三巻などがあります。良寛は木村家裏手の隆泉寺に弟由之とともに葬られています。

良寛と阿部家

阿部家はいまも新潟県燕市渡部にある旧家です。代々庄屋役を勤め、また酒造業を営んでいました。七代目の当主・阿部定珍は、江戸に遊学したこともある知識人でした。詩文を好み、たんなる庇護者であっただけではなく、良寛の良き友でした。互いに行き来し、詩文を詠みあい、酒を酌み交わしました。良寛の漢詩や書簡からもその交友ぶりが偲ばれます。現在は移転していますが、当時の阿部家は、国上山の麓に近く、その中腹にある五合庵までもそう遠くなかったようです。阿部家伝来の良寛書は、良寛が朱注を施した『万葉集』版本などを含め、一括して国の重要文化財に指定されています。

良寛の漢詩の表記・訳文に関しては、東郷豊治編著『良寛全集』（東京創元社）、大島花束・原田勘平訳註『良寛詩集』（岩波文庫）、生涯については谷川敏朗『良寛の生涯と逸話』（恒文社）などを参考にした。良寛の書については良寛維宝堂編『木村家伝来良寛墨宝』、加藤喜一編『重要文化財阿部家伝来良寛墨宝』（いずれも二玄社）を参照されたい。

立松和平

本名横松和夫。作家。1947 年栃木県生まれ。早稲田大学政治経済学部卒業。在学中に『自転車』で早稲田文学新人賞。卒業後、種々の職業を経験、1979 年から文筆活動に専念する。1980 年『遠雷』で野間文芸新人賞、1993 年『卵洗い』で坪田譲治文学賞、1997 年『毒—風聞・田中正造』で毎日出版文化賞。2002 年歌舞伎座上演「道元の月」の台本を手がけ、第 31 回大谷竹次郎賞受賞。2007 年『道元禅師』で第 35 回泉鏡花文学賞受賞、第 5 回親鸞賞受賞。著書多数。自然環境保護問題にも積極的に取り組む。2010 年 2 月 8 日逝去。本書が遺作の一つとなった。

立松和平《たてまつわへい》が読《よ》む 良寛《りょうかん》さんの漢詩《かんし》

2010年5月14日 初版印刷
2010年5月31日 初版発行

著　者 立松和平（たてまつわへい）
発行者 黒須雪子
発行所 株式会社二玄社
東京都千代田区神田神保町2-2 〒101-8419
営業部：東京都文京区本駒込6-2-1 〒113-0021
Tel：03(5395)0511 Fax：03(5395)0515
http://nigensha.co.jp

編集協力 古賀弘幸
装　丁 美柑和俊

印　刷 共同印刷株式会社
製　本 株式会社越後堂製本

ISBN978-4-544-20022-5